# 少年陰陽師

しょうねん おんみょうじ

# 少年陰陽師 叄拾貳

# 夕暮之花

## 夕べの花と散り急げ

結城光流—著　涂愫芸—譯

# 重要人物介紹

**藤原彰子**

左大臣藤原道長家的大千金，擁有強大靈力。基於某些因素，半永久性地寄住在安倍家。

**小怪**

昌浩的最好搭檔，長相可愛，嘴巴卻很毒，態度也很高傲，面臨危機時便會展露出神將本色。

**安倍昌浩**

十四歲的菜鳥陰陽師，父親是安倍吉昌，母親是露樹，最討厭的話是「那個晴明的孫子」。

**六合**

十二神將之一的木將，個性沉默寡言。

**紅蓮**

十二神將的火將騰蛇，化身成小怪跟著昌浩。

**爺爺(安倍晴明)**

大陰陽師。會用離魂術回到二十多歲的模樣。

**朱雀**

十二神將之一的火將，使的是柔和的火焰。與天一是戀人。

**天一**

十二神將之一的土將，是絕世美女，朱雀暱稱她「天貴」。

**勾陣**

十二神將之一的土將，通天力量僅次於紅蓮，也是個兇將。

**太陰**

十二神將之一的風將，擅使龍捲風，個性和嘴巴都很好強。

**玄武**

十二神將之一的水將，個性沉著、冷靜，聲音高亢，外型像小孩子。

**青龍**

十二神將之一的木將，從很久以前就敵視紅蓮。他有另一個名字「宵藍」。

**天空**

十二神將之一的土將，是十二神將的首領，雖然眼盲，但內心澄明。

**太裳**

十二神將之一的土將，說話沉穩，氣質柔和。較少出現在人界。

**風音**

道反大神的愛女。以前她曾想殺了晴明，現在則竭盡全力幫助昌浩。

**安倍昌親**

昌浩的二哥，陰陽寮最活躍的年輕術士，專攻天文道。

**安倍成親**

昌浩的大哥，陰陽寮的曆博士，有位人稱「竹取公主」的美麗妻子。

**藤原敏次**

陰陽生，在陰陽寮裡是昌浩的前輩，個性認真，做事嚴謹。

鐵腥味衝鼻。

房間被西斜的陽光染成橙色。

視野角落有灘黑色積水。

他呆呆看著按著肚子躺在地上的男人。看起來像積水的那灘黑水，是從男人指間溢出來的血。

他的手無意識地動了一下，滾落出堅硬的物品。

他把視線轉向咕咚聲響的地方，看到刀尖被染成紅黑色的陌生短刀。

他的心跳加速。

手、手指都溼溼黏黏的。

袖口、衣服的胸口附近，沾著黑色污漬。

像是被噴出來的血濺到的。

滾落地上的短刀的刀柄上，有手指形狀的髒污痕跡。

心臟又怦怦狂跳起來。

就在他茫然瞪大眼睛時，聽到叫喚聲，緊閉的門被推開了。

「……？」

# 1

◇　◇　◇

不知道什麼時候，他呆呆佇立在黑暗中。

冰涼的冷風徐徐吹過。

他想知道這是什麼地方，四處張望，只看到無窮無盡的黑暗。

難道又是夢殿？

這些日子過得太平靜，連夢都沒做過，會不會又要發生什麼事了？

可是跟夢殿的感覺，又有微妙的不同。

「太習慣夢殿，好像也不是什麼好事……」

他搔搔太陽穴一帶。沒梳髮髻，垂落在腦後的頭髮，像平常一樣用繩子紮了起來。

視野角落忽然閃過灰白的微小光芒。

「咦……？」

他無意識地追上去，看到好幾個同樣的微小光芒飄舞著。

「螢火蟲……」

他眨眨眼睛，喃喃自語。

四處飛舞的灰白螢光，不停地閃爍著。

他驀然察覺，有人站在螢光前。

背對著他的背影，消瘦纖細，披覆著長長的髮。

昌浩張大眼睛，把手伸出去。

「彰子？」

螢光明滅閃動。

他的手還沒摸到，那個身影就緩緩轉過來了。

昌浩屏住了氣息。

轉過身來的女孩，有張從未見過的臉。

年紀看起來跟彰子差不多。兩人的氣質不同，但同樣漂亮。

更讓昌浩吃驚的是，把嘴巴緊閉成一條線的女孩，默默流著淚。

淚水滑過她的臉頰，她的表情卻凝然不動，挑釁地瞪著昌浩。

螢光漸漸淡去，她的身影也融入了黑暗中。

從來沒見過的女孩的淚水，不知道為什麼扎刺著昌浩的胸口。

◇　◇　◇

蜷縮起來的小怪，聽到微弱的呻吟聲，緩緩張開眼睛。

它的視線在夜晚的黑暗中搜尋，發現是躺在床上的昌浩，臉色蒼白地嗯哼低吟著。

小怪眨了眨眼睛。

《昌浩？》

從外褂上面戳他幾下，他還是閉著眼睛繼續呻吟。

小怪稍微用力地搖晃他的肩膀。

《喂，你怎麼了？昌浩、昌浩！》

閉著嘴巴叫喚的小怪，因為前些日子的事件，傷到喉嚨，到現在都沒辦法以小怪的模樣發聲。

白茸茸的毛球在黑暗中浮現。小怪甩動長尾巴，從昌浩上面跳過去，換個位置，用有五根爪子的前腳拍打昌浩的臉。

《喂，昌浩。》

小怪顯得有些焦躁。幾道神將的神氣在它身旁降臨，接著同袍們就現身了。

單腳跪下的勾陣，擔心地看著昌浩的臉。

「怎麼了？」

《不知道，從剛才就這樣，一直醒不過來。》

像是把裁剪下來的鮮紅夕陽鑲嵌上去的眼眸，浮現焦慮的神色。

直接傳到勾陣耳裡的聲音，是小怪的原貌，十二神將火將騰蛇的低沉、渾厚的聲音。

跪坐在小怪與勾陣對面的天一，憂慮地抓著昌浩的肩膀。

「昌浩大人，你怎麼了？快醒醒啊。」

在她旁邊的朱雀，默默看著昌浩的模樣。

昌浩發出微弱的呻吟聲，邊翻身邊緩緩張開了眼睛。

小怪和神將們呼地鬆了一口氣。

昌浩半睡半醒地掃視圍繞在他身邊的神將們。

「什麼事……？」

《還問我們什麼事，真是的……》

小怪露出安心與急躁交錯的複雜表情，用長尾巴敲昌浩的頭。

才剛敲下去，昌浩就表情扭曲地縮起了身體。

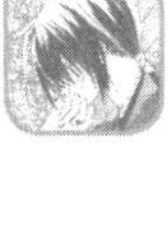

「唔……！」

神將們看到昌浩痛苦呻吟的樣子，都嚇得大驚失色。

「昌浩大人，你是不是哪裡不舒服……」

臉色發白的天一，正要放出神氣替昌浩解除痛苦時，一直沒說話的朱雀拉住了她的手。

「朱雀？」

朱雀面向訝異的天一，豎起食指按在嘴上。

所有人看到那樣的動作，都閉上了嘴巴。

朱雀掀開蓋在呻吟中的昌浩身上的外褂，豎起耳朵仔細聽。

看到他的舉動，所有人也跟著他側耳傾聽，發現呻吟聲中混雜著什麼奇妙的聲響。

是骨頭相互傾軋的嘎吱嘎吱聲。當然，神將們是因為聽覺遠比人類敏銳才聽得見，以人類的聽力不可能察覺。

冒著冷汗呻吟的昌浩，憂心忡忡地看著神將們。

「咦……怎麼了？我哪裡出了問題……？」

尤其是大腿和膝蓋最痛。不是那種尖銳的疼痛，而是一種慢慢滲出來的悶痛。

朱雀在哼哼呻吟的昌浩頭上，粗暴地來回撫摸。

「咦？」

接著，小怪也用前腳在昌浩頭上來回撫摸。然後，又換勾陣在昌浩頭上砰砰敲了兩下。

「咦？咦？」

昌浩完全搞不清楚他們在想什麼，轉向天一求救。

「天一，我生了什麼病嗎？」

溫柔婉約的神將，開心地笑著說：

「沒有，你沒生病。這是成長的證明，不用擔心……」

「啊？唔、唔唔……」

稍微退去的疼痛又來了，昌浩抱住膝蓋，又開始呻吟。

小怪合抱雙臂，表情感慨萬千。

《十四歲啊？有點晚呢。》

「不、不，總比沒有好。」

「成親好像是十一歲吧，他很早。」

「是啊，昌親大人和吉昌大人都是十二歲左右吧？」

看起來很開心的神將們，一團和氣地聊開了。狀況外的昌浩，強忍著疼痛說：

「我到底怎麼了？為什麼會突然這麼痛？是生了什麼病，還是什麼後遺症嗎……」

《不用擔心，這是成長痛。》

聽紅蓮說得那麼輕鬆，昌浩眨了眨眼睛。

「啊……？成長……？」

「是的。」勾陣點點頭說。

天一接著說：

「人類的小孩到了成長期，就會像昌浩大人這樣，身上各處的骨頭都開始伸展。安倍家的孩子，好像又比其他小孩長得快。」

合抱雙臂的朱雀，懷念地瞇起眼睛說：

「我想起成親常會在半夜跳起來……大腿嘎吱嘎吱作響，他總是哭著說好痛好痛，痛得睡不著。」

天一聽完，露出微笑，點著頭說：

「就是啊，我又不能替他解除疼痛。為了讓他多少舒服一點，我和太裳兩人想過種種辦法。」

「可是我跟他說，愈痛長得愈高，他就不再喊痛了。」朱雀說。

勾陣忍住苦笑說：

「昌親出現成長痛時，你滿不在乎地說了一堆大道理。他也痛得很厲害呢。」

《哦……原來安倍家的血統都這麼痛啊。》

當時很少離開異界的小怪，第一次聽說孩子們的事，聽得很感動。

神將們聊起往事，愈聊愈興奮。

昌浩的表情與興高采烈的神將們成反比，在骨頭與肌肉被強力拉扯般的疼痛中，一直呻吟到天亮。

◇　◇　◇

十二神將玄武站在伊勢內院的屋頂上，望著西方天空。

「喂，式神！」

滿臉嚴肅，似乎深思著什麼的玄武，低頭看誰在下面叫他。

庭院裡有三隻小妖，脖子上都掛著用皮繩串起來的貝殼，它們分別是猿鬼、獨角鬼、龍鬼。原本住在京城的小妖們，懷抱著這輩子一定要來伊勢參拜一次的遠大志向。前幾天終於得償夙願，來到了伊勢。很遺憾還沒機會去伊勢神宮參拜，但它們計畫在近期內走遍外宮和內宮。

「你在看什麼？」

「要下雨了嗎？」

「那麼我們要去通知小姐，叫她先不要洗頭。」

小妖們你一言我一語地說著，玄武跳下來，搖搖頭說：

「不，沒有下雨的跡象，我只是在想一些事。」

很快適應環境的小妖們，到處跑來跑去，簡直把內院當成了自己家。玄武也曾想過這樣似乎不太好，可是晴明沒說什麼，神將們也不好插嘴干涉。再說，它們若有任何不軌行為，晴明還沒行動，風音就會先出手了。

「啊，小妖們，原來你們在這裡。」

來的是放下頭髮、身穿侍女服裝的風音。她這身裝扮，還真像個侍女。

「什麼事？」

「小姐找我們嗎？」

「公主找我們嗎？」

小妖們輪流詢問，風音苦笑著說：

「是公主在找你們，聽說你們跟她約好玩貝合遊戲①？」

猿鬼砰地擊掌說：

「啊，對、對，讓妳跑一趟，不好意思。」

「我們要趕快去。」

「小公主很寂寞呢。」

小妖們吆喝著匆匆跑走，玄武目送它們離去，露出非常複雜的表情。

風音注意到他的表情，眨了眨眼睛。

「怎麼了？」

「皇上的長公主，跟小妖們混得那麼熟好嗎……」

風音瞇起眼睛，聳聳肩說：

「她分得出來哪些對她有害，哪些對她無害，所以應該沒問題。而且，小妖們如果打什麼歪主意，你跟太陰也不會放過它們。」

「妳會比我們快一步擊潰它們吧？」

風音笑而不答。既然沒有否認，就是會那麼做。

「晴明大人今天在做什麼？」

玄武眨眨眼睛，回答風音的詢問。

「他說難得放假，剛好可以用來複習天津金木的占卜術。」

「玄武呢？有什麼安排嗎？」

「沒有，正在想差不多該回去了。」

「那麼，可以先去藤花小姐那裡一趟嗎？公主想把膳房準備的點心分給晴明大人。」

彰子依照脩子的要求，把點心分好了。原本想稍後拜託六合拿去，現在可以交給玄武就省事多了。

「是嗎？內親王很關心晴明呢。」玄武點著頭，一副很感動的樣子又接著說：「我們也很高興看到她這麼關心我們的主人，連那個青龍都被感動了。」

然後，玄武又望著偏北的西方天空說：

「這樣也許可以稍微排遣她的寂寞吧。」

風音也細瞇著眼睛說：

「是啊……她暫時還回不了京城。」

晴明翻閱著特別請人送來的書，忽然眨眨眼睛抬起了頭。

現在是冬天中旬，但今天的陽光特別暖和。為了讓空氣流通，上午他請青龍幫他打開了板窗，所以開始西斜的陽光越過廂房，曬到主屋裡的坐墊邊緣。

晴明把視線投向柱子後面。

原本什麼都沒有的地方，飄蕩著某種異樣的氣息。

那絕對不是不好的東西。但能不能說是好東西呢？也值得商榷。

吹起了風，從柱子後面露出被風吹動的狩衣的袖子。是黑色的狩衣，黑得像融入了黑夜中。

晴明面向那裡，端正姿勢說：

「沒想到你會來伊勢……」

從柱子後面傳來低聲暗笑。那人似乎挪動了身體，露出了肩頭，還有因為背光而看不清楚的側面輪廓。

「發生那麼重大的事情，我當然要親自來看看你怎麼解決。」

晴明把嘴巴撇成了ㄟ字形。看來，這個人並不是不能離開京城。

既然全都知道，為什麼不自己解決，把事情都推到我身上了？

這樣的疑問湧上心頭，不，應該說是不滿，更貼近晴明現在的心情。但是他太了解這個人了，把這樣的心情說出來就完蛋了，會遭到一千倍的報復。

晴明對自己很有自信，自認辯才無礙，但面對這個人，口才就被封死了。可能是乳臭未乾的年輕時代，在他面前做過太多蠢事，影響到現在吧。

「神的憤怒已經平息了。」

「看來的確是這樣，就算你及格了。」

晴明默默行了個禮。幸好青龍不在現場，不然被他撞上，恐怕會激起他經年累月的仇恨，不分青紅皂白就砍過來了。

這麼一來，神將與冥官就會展開劇烈交戰，最後必定會嚴重損毀暫時居住的中院房屋。晴明可不希望造成這麼大的騷動。說到青龍，今天早上他聽到晴明無心的喃喃自語，就馬上帶著太陰出去了，到現在還不見人影。

「等冬至過後，陰氣轉為陽氣，確認這個地方完全平靜下來就行了。」

「……幹得好。」

冥官難得展現這樣的風度，晴明訝異地眨了眨眼睛，一時之間不知道該怎麼回應。

「篁大人……你是說？」

晴明貿然喊出冥官還是人類時的名字，冥官語帶嘲諷地笑著說：

「我是冥王的臣子，神明之類的事不在我的管轄範圍內。只有陰陽師可以同時接觸神與魔。但是，平定荒魂的關鍵，還是在於天照大神的後裔，也就是皇帝的血脈。不管發生什麼事，都不要違抗。」

「啊……？」

晴明聽不懂話中含意，一身黑衣的男人便對他說：

「千萬不要感情用事，誤入歧途。有時候，感情是雙面刃。」
晴明的目光變得尖銳，心想這是對未來的警告嗎？
正要開口問清楚時，冥官舉起一隻手制止了他。
「我已經說得太多了。看來，早該失去的感情，還有些殘留。」
男人說完，優雅地甩了甩袖子。
「有人託我傳話。」
「傳話？」
「對不起。」
晴明大感意外，瞠目結舌。
縱使是誰委託的傳話，還是難以相信會從冥官口中聽到致歉的話。這總不會是天崩地裂的前兆吧？晴明不禁閃過這種荒誕的想法。
精悍中帶著威嚴的臉，看著啞然無言的晴明。
「不是來自邊界河岸的傳言。是你父親安倍益材快要投胎轉世了，在那之前託我帶給你的傳言。」
晴明訝異地張大了嘴巴。
「什麼……？」

全身黑衣的男人，對瞠目結舌的老人冷冷一笑，轉身離去。
吹起了風。才一眨眼，他的身影就在虛空中消失了。
過了好一會，定住不動的晴明才喃喃吐出話來。
「父親……？」
據冥官說，五十年前渡過邊界河川的父親，就要再度誕生到這個世上的某處，成為新的生命了。可是，這時候的父親為什麼要帶那樣的話給自己呢？而冥官會答應來傳話，是不是又有什麼重大的理由呢？
誰不好欠，偏偏欠那個冥官的人情。父親為什麼不惜冒這種險，也要把這麼一句話帶給自己呢？
晴明有種非常不好的預感，彷彿聽到體內血氣逆流的聲響。
回到屋內的玄武，看到坐在坐墊上的晴明臉色發白，大吃一驚。
「晴明?!」
玄武奔向臉上毫無血色的老人，大聲叫喚，老人才回過神來，眨了眨眼睛。
「啊，玄武，你回來了？」
「怎麼了？晴明，青龍還沒回來嗎？你現在這樣子……」

玄武的語氣有點急躁，晴明敲敲他的頭，苦笑著說：

「不、不，不能怪青龍。他出去也是為了我，這樣沒來由地責怪他，也太委屈他了。」

「可是……」

正要接著說時，一陣風吹來。是神將颳起的風。

「我們回來了。」

先衝進來的是太陰，手上抱著裝滿海螺和鮑魚的魚網。青龍跟在她後面，背上扛著兩條用粗繩綁住尾巴的大鯛魚，左手拎著裝有三隻大龍蝦的魚網。

太陰在晴明前面規規矩矩地坐下來。

「真是大費周章呢，我們找半天都找不到，所以去了很遠的地方。我說放棄不要抓，晴明也不會生氣，青龍就用這樣的眼神瞪我呢。」

「誰叫妳嘰嘰喳喳囉唆個不停。」

青龍冷言冷語說完後，就拿著海味走開了。應該是要拿去膳房。

不只膳房，所有齋宮寮的官員們，都已經知道十二神將的存在。他們不常在大家面前現身，但已經被大家接受，不必再躲躲藏藏了。

「啊，等一下，青龍，順便把這些也拿去吧。」

太陰大呼小叫地追上青龍。

「真是大豐收呢。」

晴明讚嘆不已。

玄武嘆口氣看著他說：

「因為早餐時你說很想吃新鮮的海味啊。」

「我沒叫他們去抓啊。」晴明辯解。

玄武皺起眉頭回他說：

「晴明，你以為那個青龍會聽過就算了嗎？」

「他向來都會阻撓我要做的事啊。」

「那是因為你要做危險的事吧？」玄武嘆口氣說：「你很少對食物有什麼要求，所以既然你開口了，不只青龍，誰都會想那麼做。」

白虎也跟著青龍他們出去了。過中午時，他揹著一大隻鰹魚回來，又出去了，到現在都還沒回來。玄武沒跟著去，是因為再三考慮後，怕會發生什麼事，不想扔下晴明一個人。後來晴明派他去巡視內院，就在那裡遇見了風音。

「啊，對了。」

玄武想起被委託的事，拿出帶回來的點心包裹。

「這是？」

「內親王要我轉交的。晴明，大家都很關照你呢。」

晴明搔搔太陽穴說：

「真是不敢當呢……」

玄武忽然想起一件事，對接過點心包裹的晴明說：

「對了，晴明，我想回京城一趟。」

「嗯？」

老人疑惑地歪著頭，身材嬌小的水將把心中的想法說給他聽。

嗯嗯點著頭的晴明，眉開眼笑地說：

「原來如此，好主意。嗯，拜託你了，玄武。」

看到老人開懷的笑容，面無表情點著頭的玄武再滿足不過了。

主人開心的樣子，對神將們來說是無上的喜悅。青龍和太陰、白虎，就是想看他那樣子，才會出去捕魚。

與內親王同行的人們，暫時都回不了京城。
白虎回來後，玄武把想法告訴他，希望能回京城一趟，白虎欣然答應了。

### 小怪的陰陽講座

①貝合遊戲，起源於平安時代，把三六〇個文蛤的殼依左右拆開，一邊當成「地貝」，一邊當成「出貝」。把地貝全部蓋起來排在地上，大家再輪流拿「出貝」去跟「地貝」配成對，配成越多對的人就是贏家。現在為了更方便玩，會在貝殼裡面畫圖或寫歌。

# 2

天亮了。

昌浩搖搖晃晃地爬起來，梳洗完畢，去吃早餐。

看到兒子的臉那麼憔悴，吉昌和露樹都啞然失色，不知道發生了什麼事。

「怎麼了？昌浩，你是不是哪裡不舒服……」父親很擔心。

昌浩虛弱地回答：

「據小怪他們說，是成長痛……」

沒晚上那麼痛了，可是大腿還是痛。昌浩擔心的是，會不會痛到沒辦法專心工作。

吉昌和露樹放心地鬆了一口氣。

「啊……成親和昌親也都痛得很嚴重。」

露樹想起以前的事，微微一笑。吉昌苦笑著對她說：

「成親尤其嚴重，讓我非常擔心。」

「是哦？」

昌浩懂事時，兩個哥哥都已經長大了，父親當然也是大人，所以現在聽說他們曾經為成長痛的事苦惱，也很難想像。
「長高後，疼痛就會突然消失了，你忍耐一下吧。」吉昌慈祥地拍著兒子的背部，瞇起眼睛說：「原來你也長大了呢。」
「都十四歲了嘛。」
露樹也笑逐顏開。
昌浩當然樂見父母都那麼開心，可是他自己真的很痛，所以看到父母為這件事高興，心情還是有點複雜。
小怪聽著親子之間的溫馨談話，覺得很有趣，微微笑著。長期待在異界，沒有跟安倍家的小孩接觸過的紅蓮，對他們之間的互動感到很新鮮。
有時也會聽到同袍們談論吉平、吉昌、成親或昌親的成長話題，紅蓮一直沒辦法理解他們為什麼可以聊得那麼興奮。
看著昌浩出生、逐漸成長，他才了解原來是這種感覺。
「成親是十八歲的時候，昌浩會是幾歲呢？」
露樹托著臉頰，開心地說。
昌浩聽不懂，疑惑地眨著眼睛。
吉昌卻百分百聽出了話中的意思。小怪眼尖，看出他的表情瞬間僵硬了。

但是他很快地穩住表情，點點頭說：

「會是幾歲呢？」

「我很期待呢，昌浩說不定是孩子裡最早的一個。」

眯起眼睛看著兒子的露樹在想什麼，不只吉昌知道，小怪也察覺了。

心情複雜的小怪，垂下視線，甩了甩尾巴。露樹什麼都不知道。

昌浩揉著疼痛的大腿，一臉茫然。吉昌催他說：

「快點吃早餐，昌浩。」

「哦，是。」

昌浩也很想知道父母到底在說什麼，可是老實說，因為大腿的成長痛，他實在沒辦法專心聽他們說話。

真的很痛，非常痛。至今以來，他受過種種傷，還被詛咒過，一直以為自己有忍受痛苦的韌性。然而，這種漸漸滲出來的沉重悶痛感，只能用「軟刀子殺人」來形容。

如果痛得更劇烈、尖銳，就可以滿地打滾，卻又沒痛到那種程度。只是痛到沒辦法睡覺，走路也有困難。

疼痛有時會像波浪般洶湧襲來，可是這既不是生病也不是受傷，不能以身體不適為由請假，昌浩只好哭喪著臉出門。

他像平時一樣跟車之輔打招呼，妖車看到他蒼白的臉，嚇一大跳，慌忙衝上河堤，連聲說要送他到皇宮，昌浩安撫它說自己不要緊。

「唔——」

昌浩抓抓大腿，減輕疼痛。看見他那樣，隱形的天一在他耳邊擔心地問：

《昌浩大人，要不要我使用移身法術……》

昌浩搖搖頭說：

「不用，連這種疼痛都麻煩天一，會被朱雀罵。」

陪在天一身旁的朱雀立刻現身，用力點著頭。

「沒錯，你很聰明，昌浩。」

「還好……」

直立在圍牆上的小怪，擔心地目送昌浩搖搖晃晃地離開。

《那小子不會有事吧……》

勾陣在它旁邊現身。

「痛是很可憐，可是那只是成長痛，吉平、成親他們也都是痛得滿地打滾，還是照樣去工作，沒辦法啊。」

《人類真不方便呢。》

他們真的是這麼想。因為十二神將們從誕生時，就是現在這個模樣了。

勾陣在小怪旁邊坐下來。

「對了，你也一直好不了呢。」

小怪甩甩白色耳朵，歪著脖子說：

《是啊，前幾天昌浩幫我唸了治癒的咒語也沒用……》

前些日子的騷動，傷到小怪的喉嚨，害它在小怪模樣時不能發聲。

昌浩覺得是自己的責任，翻遍了所有書籍，試過種種治癒傷口、疾病的法術和咒語，都沒有效果。

看來還是得請爺爺出馬。昌浩這麼想，沮喪的模樣，刺痛了小怪的心。

《我實在不想看到他那樣子，可是我也沒轍……》

勾陣聽到的，是小怪原貌騰蛇的聲音。其實只要恢復原貌，騰蛇就可以像平常一樣說話。問題似乎是出在小怪的模樣會封鎖騰蛇的神氣。

「剛好現在彰子小姐不在，你何不恢復原貌呢？」

被同袍這麼一說，小怪用前腳抓抓耳朵下方，低聲說：

《那麼做我又怕昌浩會更愧疚。》

「嗯，說得也是。」

勾陣無奈地聳聳肩時，一陣風拂過臉頰。

小怪豎起了耳朵。

是同袍送來的風。

《大約未時嗎？》

「他這麼說呢。我還以為晴明回來前，他都會待在那裡……」

天狗事件已經平息，白虎說過若沒什麼大事，他都會待在晴明身邊，怎麼會想到要回來呢？

勾陣和小怪面面相覷。

白虎和乘坐他的風一同回來的玄武，在安倍家的庭院降落時，剛進入未時。

兩人各自抱著一個加蓋的桶子。

小怪和勾陣不知道他們帶什麼來，好奇地張大了眼睛。從伊勢來的神將們看到他們兩人也是滿臉驚訝。

「勾陣在還有話說，怎麼連騰蛇都沒陪在昌浩身邊呢？太稀奇了。」

聽完白虎的話，勾陣聳聳肩苦笑起來。

「昌浩交代過，在它身體痊癒之前，不准它去工作。對吧？騰蛇。」

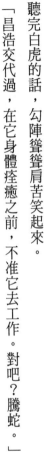

小怪半瞇起了眼睛。因為這樣，最近都是朱雀和天一負責保護昌浩。撇開天一不談，朱雀的神氣僅次於鬥將，所以不用擔心。麻煩的是昌浩回家之前的漫長時間，老實說小怪還真不知道該怎麼打發。

《下棋也下厭了。》

小怪看起來真的厭煩極了，玄武皺眉蹙眼，點點頭。

「是嗎？那正好。」玄武有些得意地抬頭挺胸說：「我回來之前，在那邊放了一個水鏡。有了那個水鏡，就可以隨時跟伊勢的晴明通話了。」

小怪用右前腳砰地拍了一下左前腳說：

《啊，那東西嗎？原來如此，好主意，幹得好，玄武。》

以前勾陣等人長期滯留道反聖域時，小怪也曾透過水鏡與他們交談。

勾陣瞇起了眼睛。

「昌浩回來一定很開心。」

對正在忍受成長痛的昌浩來說，這一定是很大的安慰。

小怪笑著說：

《再怎麼樣，看著臉說話，都會比寫信來得輕鬆吧。》

水鏡放在環繞晴明房間的外廊一角。原本打算放在昌浩房間，可是考慮吉昌或其他神將也可能要跟晴明說話，就擺在那裡了。

白虎和玄武抱來的桶子，裡面是海水和鮮魚。京城在內陸，幾乎吃不到海魚。這是晴明送來的禮物，希望家人偶爾可以吃到珍奇的食物。

接過桶子的露樹開心不已，做了粽子讓白虎帶回去。這是晴明愛吃的東西，也是露樹的拿手好菜。彰子也喜歡吃，還跟露樹學過做法。

直到過了酉時，勾陣和小怪才送走帶著很多粽子乘風離去的白虎與玄武，在水鏡前坐下來。

藍色橢圓形鏡面綻放磷光，浮現映在伊勢那面鏡子中的光景。

看到的是老人面向矮桌的側面。

「……」

老人的精神看起來不錯，小怪和勾陣都無意識地鬆了一口氣。若有什麼事，陪在老人身旁的同袍就會來通報，所以他們都知道老人平安沒事，可是不這樣親眼看到，還是不時會暗自擔心。

十二神將中最強與第二強的鬥將，默默注視著老人大半天，鏡中的老人才眨眨眼晴，緩緩地轉向了他們。

「怎麼了？兩個人的表情都這麼可怕……」

有點訝異的晴明，直截了當地說。小怪和勾陣面面相覷，他們完全不覺得自己的表情可怕。

「啊，真的是式神們！」

「好厲害，可以跟在京城的式神們說話呢。」

「昌浩一定很開心吧。」

小妖們沒大沒小地爬上晴明的肩膀，盯著水鏡看。

小怪半瞇起了眼睛。

《這群小妖……》

好不容易見到面，它們竟敢來攪局。

看著在鏡子裡嘻嘻哈哈揮著手的小妖們，小怪瞬間湧現了殺氣。

小怪旁邊的勾陣，清亮烏黑的眼睛也閃過了厲光，晴明看到就說：

「你們去彰子小姐那裡。」

「咦——？好吧。」

「幫我們向昌浩問好吧。」

「還有車之輔喔。乾脆叫它也來吧，小姐看到它會很開心。」

暢所欲言的小妖們被趕了出去。小怪和勾陣冷冷地看著它們。晴明嘆口氣，轉向他們說：

「喂、喂，你們的表情比剛才更可怕啦。」

主人的語氣微帶苛責，小怪和勾陣都覺得很尷尬，沒想到自己會表現得這麼明顯。

看到小怪和勾陣尷尬的樣子，晴明才微瞇起眼睛說：

「很高興看到你們都很好。不過……紅蓮，你還是沒聲音嗎？」

小怪眨了一下眼睛。

《是寃說的嗎？》

「嗯，你實在太不小心了，以後不要再做那種傷害自己的事，勾陣也是。」

「我才不會……」

勾陣說到一半就打住了，嘆口氣閉上眼睛，舉白旗投降了。

晴明總是能看透他們的心。

「我知道了，晴明。」

聽到她這麼說，晴明笑得更開懷了。

難得提早完成工作的安倍成親，鐘聲一響就退出了皇宮。
再過不久，神無月（陰曆十月）就會結束，進入霜月（陰曆十一月）。不知道是不是天氣逐漸轉冷的緣故，次男忠基好像感冒了，有點發燒。
向來活蹦亂跳的兒子，身體不舒服就變得有點軟弱，吵著要成親早點回家，成親只好答應他。
妻子說為了謹慎起見，會找藥師來看，所以現在說不定已經吃過藥，燒也退了。
成親自己沒有生過大病，妻子也是。可能的話，他們希望孩子們也都能健健康康地成長，這就是所謂的父母心。
冬天的太陽比較早下山，酉時就進入黃昏了。這是視線最不清楚的時段，所以成親稍微提高了警覺。
黃昏是逢魔時刻。陰陽師接近黑暗，而成親也是陰陽師，所以黃昏時會比平常時間更小心。靈力愈強，就愈可能引來邪惡的東西。
急著趕路回家的成親，猛然停下了步伐。
黑暗漸漸擴散。接近新月的天空，開始亮起幾顆星星。
從橙色與紫色絕妙交融的天空，紛紛飄下了白色的物體。

成親目光嚴肅地抬起頭看。

「是雪花……」

現在的時節，下雪還太早，是冬天加快了腳步嗎？

他甩甩頭想往前走，腳卻動不了。

長長的影子映在地上。無數的手抓住了影子的腳。那些手像極了枯木。

「唔……！」

試著結手印的手也動彈不得，因為影子的手也被好幾隻手纏住了。

「這是怎麼回事……」

四周空無一人。是陷阱嗎？究竟是誰搞的鬼？

纏住成親影子的手瞬間暴增，朦朦朧朧的輪廓開始膨脹。

這些像枯木一般的手，是手的長度比身體長很多的妖怪，彷彿是從地獄圖裡跑出來的餓鬼。餓鬼們一隻接一隻從土裡爬出來，攀著成親的腳往上爬。

拉住影子的枯枝手，半點都不放鬆。沒多久，餓鬼就爬上了成親的脖子，猙獰地笑了起來。

餓鬼伸出長長的手，猛然鑽入成親的喉嚨——

「唔！」

突然不能呼吸的成親，把脖子往後仰。喉嚨像在灼燒般地發燙。伸進去的手不停地扭動，在喉嚨裡抓來抓去。

「……！」

成親發不出聲音，也不能呼吸，只能四肢顫抖地掙扎著。

有實體的餓鬼從土裡爬出來，沿著腳往上攀爬的觸感，傳到了大腦。

——要早點回來喔。

忠基虛弱的模樣和懇求的話語在腦中縈繞。

聽到那句話，國成和篤子什麼都沒說，只用充滿期待的眼神看著成親。

那個畫面漸漸沉入了黑暗中。

成親使盡最後的力氣，移動右手的手指。

空中印出了五芒星。不是祓除而是相剋的五芒星，瞬間綻放光芒。

「——！」

他的眼睛變得黯淡，垂下了眼皮。抓住影子的餓鬼們一哄而散，成親的身體瞬間往後倒。

纏住身體的餓鬼們，往臉部集中，用力撬開了成親的嘴。

把枯木手伸進嘴裡的餓鬼，扭擺著身軀慢慢侵入體內。

一隻進去後，下一隻接著靠近成親的臉。就在這時候，神氣炸裂，把所有的餓鬼都炸飛了。

比冬天的風還要冰冷的神氣，如波浪般翻滾而來。

憤怒使神氣動盪沸騰，捲起漩渦，眼看著就要爆開了。

「妖魔們，你們對成親做了什麼?!」

十二神將的天后以怒火燃燒的雙眼瞪著餓鬼們。

比她晚一步趕到的十二神將太裳，驚慌地抱起成親。

「成親大人！你快醒醒啊！」

被拍打臉頰、搖晃身軀，成親才顫抖著倒吸一口氣，把身體縮成弓形。

「唔……」

他叫不出聲音，猛抓喉嚨，痛苦地掙扎著。

「成親大人、成親大人！」

掐著喉嚨，把身體彎成く字形的成親，微微張開眼睛，抓住太裳的衣服。

「去……」

成親似乎想說什麼，太裳把耳朵湊到他耳邊。

嘶啞的聲音說得斷斷續續。

「去……安……倍……家……」

太裳點點頭。

「知道了，你再忍耐一下。」

太裳把成親的手繞到自己肩上，支撐著他的身體站起來。

「天后，這裡交給妳了。」

以神氣嚇阻餓鬼的天后，瞥太裳一眼。

「成親呢？」

「成親大人叫我帶他去安倍家。」

天后向同袍點個頭，又緩緩轉向餓鬼們說：

「我收拾它們後，立刻追上你們。」

太裳攙扶著不能自己站起來的成親，匆忙趕往安倍家。

餓鬼們發出刺耳的尖銳高音，那是像金屬相互摩擦般的叫吼聲。

天后高高舉起手，神氣便化成了波濤般的浪潮。

「膽敢傷害我們主人的血脈，別想活著離開。」

波濤的長矛與嘶吼般的宣言，同時襲向了餓鬼們。

因為太久沒跟晴明說話，小怪一夥說得忘了時間，聽到鏡子那邊有人喊「要吃晚餐了」，才結束對話。

聲音的主人應該是伊勢的官員。

小怪嘆了一口氣，覺得晴明似乎比想像中更憂慮自己不能出聲的事。

《真傷腦筋。》

勾陣露出深沉的眼神，對猛搔著耳朵的小怪說：

「昌浩的痊癒法術幫不了你，晴明應該幫得了吧？」

《難道要為此跑去伊勢嗎？我是無所謂，可是特地去拜託晴明……》

「他說不定會很開心哦，還可以順便去看看彰子公主。」

《那就更不必了，讓昌浩透過水鏡直接跟彰子說話就行啦，再說……》

小怪忽然噤聲，豎起了耳朵。

勾陣也欠身站起來。

「天后、太裳？」

同袍的神氣降落在京城一隅。

小怪跳上勾陣肩膀，訝異地瞇起眼睛。

《他們難得降臨人界。》

天后滾滾翻騰的神氣從遠處傳來。

正要出去看個究竟的勾陣和小怪，看到太裳攙扶著成親翻越圍牆降落庭院，兩人都瞪大了眼睛。

「成親?!」

《怎麼回事？》

見到跑過來的小怪和勾陣，太裳顯然鬆了一口氣。

「啊，騰蛇、勾陣，太好了，你們都在。」

他還以為他們都跟昌浩一起進了皇宮，還沒回來。

忽然，成親縮起身體，按著脖子，滿地打滾。

《成親?!》

「太裳，發生什麼事了？」

面對尖銳的質問，太裳搖搖頭說：

「不知道，突然出現五芒星，傳來呼叫我們的聲音。」

他和天后趕到五芒星顯示的地方，就看到成親倒在地上，被無數餓鬼團團包圍。

臉上毫無血色的太裳，把成親放在晴明房間的外廊上。

成親扭動身軀，猛抓著喉嚨，指甲已經抓破皮膚，形成好幾道血痕。
勾陣把成親的手從脖子撥開，赫然看到脖子裡有東西。
太裳張大眼睛，看著那個隱約可見的輪廓。
「是餓鬼……?!」
小怪和勾陣都屏住了氣息。
成親弓起身體喘著氣。他猛抓脖子，難道是因為眼前這隻餓鬼？
《餓鬼跑進去了……?!》
發出咂舌聲的小怪，轉向太裳和勾陣。
《快把吉昌和昌親找來，這件事我們沒辦法解決。》
「昌浩呢？」勾陣問。
小怪神情凝重地瞇起了眼睛。
《我怕他會心慌意亂，什麼事都做不了。》
勾陣與太裳互瞄了一眼，覺得小怪說得也有道理。
目送勾陣去皇宮後，太裳對小怪說：
「我要去參議府，告訴夫人和他們的孩子，成親大人暫時不能回家了。騰蛇，成親大人就先交給你了。」

《好。》

太裳難過地看看成親，向小怪行個禮就隱形了。

餓鬼釋放的邪氣，開始從成親不停扭動的身體飄出來。

小怪不禁睜大了眼，這樣下去，晴明與天空佈設的結界內部都會被邪氣污染。

《天空！》

聽到小怪急迫的呼喚聲，十二神將天空立刻現身了。

「怎麼了？成親……？這是……」

閉著眼睛望向成親的天空，看到從他身上飄出來的邪氣，倒抽了一口氣。

《不知道為什麼被餓鬼鑽進去了，這樣下去不行。》

天空聽出小怪話中的意思，點點頭，張開了眼睛。

他用手中的枴杖敲打地面，畫了一個圈圈圍住成親。

「我暫時把時間停止了。」

成親弓著身體，指甲嵌入了喉嚨。小怪把他的手從脖子撥開。

喉頭浮現餓鬼的臉，歪著嘴的樣子像是在訕笑。

響起尖銳的吱吱叫聲。天空的神氣包住成親，瞬間凍結了一切。

餓鬼的臉僵住，沉到了肌膚下。

成親全身放鬆，就那樣靜止不動了。
癱在地上的手指，因為抓破的皮膚塞進指甲裡，沾滿了滲出來的血跡。

# 3

被褥鋪在昌浩房間隔壁的空房間裡，成親閉著眼睛躺在上面。

昌浩從房間外面看著站在被褥旁，神情凝重、沉默不語的吉昌和昌親。

《昌浩，你該休息了。》

「可是……」

昌浩抱起走到腳邊的小怪。

《有吉昌和昌親在，交給他們就行了。》

「可是……」

只會這麼說的昌浩，眼神不安地飄來飄去。

大哥成親總是顯得從容自若，在昌浩有難時不露聲色地出手相助。以前也曾被妖怪襲擊受傷，但連那種時候都會裝出沒事的樣子。

昌浩還是第一次產生這種莫名的不安。

《你再怎麼看，也幫不了忙。》

「……」

小怪說得一點都沒錯。昌浩沮喪地垂下肩膀，轉身離開。

吉昌和昌親接到勾陣的通知，上氣不接下氣地跑回來時，成親已經被天空的神氣包住，停止了呼吸。吉昌看到他那樣子，差點站不穩，是炸飛餓鬼後趕回來的天后和太裳扶住了他。

小怪待在昌浩的房間，靜觀其變。它待在現場也不能做什麼。

昌浩聽天文部的人說，吉昌他們行色匆匆地離開，很擔心出了什麼事，但還是把工作都做完才回來。回到家時，已經過了戌時。

看到出來迎接的母親臉色鐵青發白，昌浩大吃一驚。勾陣現身說明後，昌浩更是目瞪口呆。

回到房間後，昌浩沒點燈，癱坐在被褥上，抱著小怪，身體微微顫抖。

小怪甩甩尾巴說：

《你冷嗎？》

昌浩搖搖頭。他的臉色發青，嘴唇發紫，表情萬分沉重，嘴巴抿成一條線，強忍著不出聲。

小怪嘆口氣，從昌浩懷裡鑽出來。

「小怪……」

《我去拿火盆，你等著。》
精神大受打擊而全身僵硬的昌浩，不知道自己的手有多冰冷。
天氣還不夠冷，所以火盆還收在倉庫裡。小怪要從外廊走下庭院時，看到幾個同袍站在那裡。
朱雀和天一、勾陣和天后，還有太裳，都各有所思，默默佇立著。
天后看到小怪，眼神不太友善，但很快把臉撇開，走到稍遠的地方。
坐在外廊的勾陣開口說：
「昌浩呢？」
《在裡面，他面無血色，全身發冷，我去幫他拿火盆。》
小怪說完就要往倉庫走，朱雀舉起一隻手攔住了它。
「我去。」
可能是想藉由做什麼事轉移注意力吧，朱雀站起來，走到屋子後面。沒多久就提著火盆、扛著炭包回來了。
天一接過他手上的火盆，跟他一起走進屋內。
氣氛十分沉重，小怪嘆了一口氣。
天后走向太裳，低聲說了些什麼。太裳點幾次頭後，走向勾陣和小怪。

「為了謹慎起見，我們要去參議府保護他們一家人。」

勾陣望向天后，天后又補充說：

「雖然被攻擊的是成親，但敵人的目標可能不只成親。」

成親的岳父則是藤原氏族，位居參議，難免有人對他抱持敵意。這些人不敢隨便下手，就是因為同住的女婿是安倍家的陰陽師。

風度翩翩的太裳，臉上浮現厲色。

「顯然是有人在背後控制那群餓鬼。」

「所以它們是魔使或式……不管怎麼樣，都要擔心成親家人的安危。」

勾陣合抱雙臂說：

「希望只是我們太多慮，但還是小心為上。」

兩人點點頭，旋即隱形離開了。

小怪嚴肅地甩甩尾巴。

《太可惡了……》

勾陣瞥它一眼。

夕陽色的眼睛閃閃發亮。

《那些餓鬼……不，應該說是會侵蝕身體的疫鬼，難道是哪個術士的使者？》

鑽進成親體內附身的餓鬼，顯然有什麼目的。不論吉昌和昌親怎麼祓除、施行驅魔法術，都沒辦法收服它，把它從成親體內趕出去。

餓鬼散發出來的邪氣十分陰毒，被天空以神氣形成的保護膜包住，以免外漏。但這麼做，保護膜裡的成親會漸漸中毒。

《到底是哪個不知死活的傢伙？竟敢挑戰安倍家的陰陽師。》

在京城，沒有人可以勝過以安倍晴明為首的安倍家的陰陽師。大家都知道，與他們針鋒相對，必須付出相當的代價。

對方是人類，神將就無法出手，但陰陽師有陰陽師的報復方式。

而神將們也可以找出敵人。

「要不要告訴晴明？」

小怪看著勾陣，搖搖頭說：

《不要，現在告訴他，也只會讓他擔心而已。》

勾陣心想說得也是，默默點著頭。

「昌浩大人，請穿上這件衣服。」

天一想幫臉色發白的昌浩，穿上從櫃子拿出來的厚衣。

「咦，我沒事，不用這麼……」

天一正要握起昌浩的手時，朱雀從旁邊冒出來，把昌浩的手抓過來，讓他抱住了火盆。

「抱著吧。還有，把衣服穿上。等身體暖和些了……」朱雀把視線轉向北邊的房屋說：「就去看看露樹吧，她自己應該什麼都不會說。」

昌浩赫然驚醒。

陰陽師有很多事不能告訴家人，母親向來都是默默接納那些事。她不知道成親發生了什麼事，一定又急又難過。可是沒有吉昌的允許，她絕對不會來看狀況。這麼做，也是為了保護她自己。

「我要怎麼跟母親說……」

昌浩想破頭也想不出來，天一平靜地對他笑著說：

「只要陪在她身邊就行了，這樣就能安撫她的心。」

昌浩點點頭，穿上衣服，站起來。

他多麼希望這種時候爺爺能在這裡，可是大家一定都是同樣的心情，所以他沒有說出來。

◇　◇　◇

安倍吉平才剛到陰陽寮，就聽說弟弟天文博士，還有大侄子曆博士，都因為昨天晚上觸穢，請了長期的凶日假。

二侄子天文生，也因為這樣缺席，只有最小的侄子來工作。

「到底發生了什麼事……」

吉平抑鬱地嘟囔著，吐出沉重的氣息。

身為陰陽博士的安倍吉平有四個兒子。所有繼承安倍血緣的人，都是以陰陽之路為志，他的兒子們當然也不例外。有幾個進入陰陽寮後，就被調去了其他寮服務，但陰陽師原本就會被派去不同的單位。

儘管這樣，吉平還是有些難過，因為自己的孩子們的能力，都比不上吉昌的孩子們，這是不爭的事實。

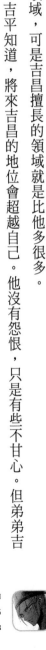

畢竟在製作曆表和觀星方面，弟弟都比他強多了。或許可以說人都有擅長與不擅長的領域，可是吉昌擅長的領域就是比他多很多。

吉平知道，將來吉昌的地位會超越自己。他沒有怨恨，只是有些不甘心。但弟弟吉昌從來沒有輕視過他，替他保住了威嚴。

由能力勝出的人，留在安倍家繼承家業，是安倍家代代相傳的家規。

各自的實力隨著成長逐漸顯現，由吉昌取得整體的勝利。

把所有家業拱手讓給次男，多少有些心痛，但由能力最強的人留在安倍家是家規，吉平不得不遵從。

只有過年時，他會帶著兒子們回來，其他時候他幾乎不再踏進安倍家了。

可是吉平心想，這次恐怕得回去看看。

父親晴明去伊勢還沒回來。倘若真發生了什麼事，自己必須出手相助。

儘管彼此都四十多歲了，吉平還是哥哥，吉昌還是弟弟。他們的母親在生下吉昌沒多久後就過世了，真正把他們帶大的是十二神將們。

有妖怪血緣的父親，只有他們兩個兒子。十多歲時，他也曾經為了這件事煩惱。多虧有這個弟弟陪伴，他才能熬過來。

吉平很感謝母親生下了吉昌。

失去母親時，吉平還很小，所以不太記得母親的模樣。但是他知道母親的長相，因為他們長大後，水將天后曾經在水鏡裡映出了母親生前的樣子。水鏡裡還出現了小時候的自己，和剛出生的弟弟。他小心翼翼地摸著弟弟的頭，母親帶著微笑開心地看著他，眼中泛著淡淡的哀傷。那之後沒多久，母親便臥病不起，很快就平靜地過世了。

看水鏡那天，吉平猜想母親可能是知道自己將不久於人世，眼神才會泛著哀傷，不禁壓住聲音哭了起來。

他不想被人看見，躲起來偷偷哭，後來才發現天后和天一都悄悄陪在他身旁。被看到自己哭泣的模樣，他覺得很丟臉，不敢看她們，但真的、真的很高興有她們默默在一旁陪伴。

很久沒見到她們，有點想她們了。有件事不好對別人說，那就是吉平和吉昌都把她們兩人當成了母親。

「今天提早出宮吧……」

吉平低頭看資料，眼角餘光好像掃到什麼黑色的東西。

「嗯……？」

他不經心地看了一眼，什麼也沒看到。

「大概是眼花了。」

他喃喃說著，喝了一口雜役不久前幫他準備的水。從井裡汲上來的水冰冰涼涼。動腦的工作不能欠缺水分，不過快到想喝熱水的季節了。

「……？」

吉平疑惑地皺起了眉頭。

水有種苦味。平常都沒味道，今天好像摻了什麼東西。

胸口忽然有東西湧上來。一股鐵腥味在喉嚨擴散，吉平猛然摀住了嘴巴。

「……唔……！」

胃產生痙攣，又熱又痛。黏稠的液體從摀住嘴巴的指間溢出來。

啪答啪答滴下來的液體，在矮桌的紙張上描繪出紅色的飛沫圖案。

「咯……嘔……」

胸口灼燒，胃像被緊緊揪起來般，劇烈抽動。

聽到聲響的陰陽生們臉色大變。

「博士……？」

矮桌和堆在矮桌旁的書籍都被推倒，吉平倒在地上。矮桌發出的轟然巨響，在空氣突然凍結的陰陽部繚繞。

所有人都啞然失言，呆若木雞。吉平猛抓地板，呻吟半晌就不動了。

「博士……」

有人喃喃叫喚。

藤原敏次最快回過神來，跑向吐血倒地的吉平。

「博士！吉平大人！快派人去典藥寮，快！」

到陰陽寮後，一直窩在書庫裡整理曆表的昌浩，發現陰陽部好像特別嘈雜。

「嗯？咦，好像很吵，是陰陽部嗎？」

他滿腦子想著哥哥的事，心不在焉，所以直到引發大騷動才發現出事了，平時不常見的官員們來來去去。

他拍拍灰塵走出書庫，一個陰陽生認出是他，跑過來說：

「昌浩，你在這裡啊？」

「呃，有事嗎……」

「陰陽博士吐血昏倒了，你快去典藥寮！」

他一時聽不懂對方在說什麼。

不能理解，猛眨眼睛的他，感覺有人在他耳邊倒抽了一口氣。

他移動視線，看到只有他才看得見的天一，雙手摀住嘴巴，臉色發白，好像就快昏過去了。

朱雀在她身旁現身，攙住了她。天一抓著朱雀的手，眼睛睜得斗大，呼吸困難地喘著氣。

「昌、昌浩大人，快去……」

被聲音都變得慘白的天一催促，昌浩才想到發生了大事。

「陰陽博士……是……」

「是吉平大人，昌浩的伯父……」

啊，沒錯，是爺爺的兒子、是我的伯父。

眼前的世界搖晃起來。

陰陽生抓住站都站不穩的昌浩的肩膀。

「昌浩，你還好吧?!」

昌浩勉強點點頭說：

「我、我沒事。典藥寮嗎？對不起，請告訴其他人……」

「會的，我會通報其他人，你快去。」

那個陰陽生設想周到，說會幫他處理剩下的事，他行禮致謝後，抓著欄杆支撐身體，腳步踉蹌地趕去了典藥寮。

◇　◇　◇

當今皇上發現進宮謁見的藤原行成面色沉重，訝異地偏著頭。

他闔起扇子，指示行成先不要上奏。

「你怎麼了？行成，好像很沒精神……」

攤開奏摺的行成，無精打采地垂著頭。

「這件事會玷汙皇上的耳朵，怎能說給皇上聽呢。都是行成不好，讓皇上擔心了，還請皇上饒恕。」

今天早上行成接到通報，與他交情頗深、無話不談的少數知己之一，遭遇不幸，正徘徊在生死邊緣。但這是私事，不該說出來讓皇上煩惱。事情的詳細內容沒有被公開，是從小認識的知己的妻子，悄悄派使者來告訴了行成一人。這位知己是陰陽寮的曆博士，所以這件事不可能隱瞞太久，但聽說詳情後，他判斷在查明原因之前，最好還是保守祕密。如果沒查清楚就傳出去，恐怕會把事情鬧大。

「是嗎？」皇上這麼回應行成，沉下臉說：「最近，我聽到奇怪的流言。」

「流言？什麼樣的流言？」

皇上命令行成抬起頭來，行成趕緊端正坐姿。比行成年輕近十歲的皇上，表情陰鬱地說：

「聽說……有人下詛咒。」

行成想都沒想過會有這種事。皇上緊握著闔起的扇子，對倒抽一口氣臉色發白的藏人頭說：

「有些人議論紛紛，說皇后的病一直沒有起色，是被什麼人下了詛咒。」

「這……不可能吧……」

皇上搖搖頭說：

「我也覺得不可能。可是再怎麼全力醫治，皇后的病都愈來愈嚴重。我真的是……」

不敢再往下說的皇上，沉默下來。

行成啞然失言。怎麼可能有這種事。可是，不能說絕對沒有，這也是事實。可能還是有企圖排除皇后定子的人，只是行成不知道而已。

「皇后懷孕了，說不定有人不希望那個孩子生下來……」

聽到皇上這麼說，行成驚恐不已。

「皇上不會是懷疑左大臣吧?!」

皇上看行成一眼，就撇開了視線，神情有些不自然。

行成揚起眉，差點逼上前去。

「怎麼會……！道長大人是皇后殿下的親叔叔啊！不可能做出那種事！」

皇上像被斥責般，垂下了頭。行成愈說愈激動。

「到底是什麼人對皇上這樣胡說八道！」

皇上搖搖頭說：

「對不起，忘了這件事吧。」

「可是……」

皇上揮動扇子，皺起眉頭說：

「這件事就到此為止，知道嗎？」

話題被片面中斷了，但對方是皇上，行成只能配合。

他默默行個禮，繼續唸起剛才的奏摺。

皇上聽著行成帶著不悅的聲音，視線在半空中游移。

不可能有詛咒這種事。行成說得沒錯，不該發生這種事。

然而，腦中卻有個聲音，否定了他這樣的想法。

真的嗎？真的沒有詛咒嗎？那麼，定子為什麼一天比一天衰弱？

去了伊勢的晴明，私下通報說，脩子已經完成任務。雖然要等神諭降臨，取得神的允許才能回來，但已經不用擔心了。

可是不知道為什麼，定子的病還是不見好轉。

既然沒有詛咒，他希望可以看到沒有的證據。但他最信任的陰陽師遠在伊勢，還沒回來。那麼，還可以找誰呢？

他瞥了行成一眼。那是左大臣最信任的男人，與安倍晴明關係匪淺，與安倍家的交情也很好。

唯獨這件事，他無法相信與左大臣家、行成都有深交的安倍家族。

皇上握緊了扇子。

有沒有其他跟安倍家族一樣值得依靠的陰陽師呢？

◇　◇　◇

幸虧處理得快，吉平勉強保住了性命。

據說是中毒。但要等典藥寮的官員調查後，才能確定是什麼毒。

吉平不可能自己吃下毒藥，所以是有人在水裡加了毒。究竟是誰、為了什麼要殺死陰陽博士？

準備水的雜役首先被懷疑，但陰陽生和其他雜役都替他作證，說大家都是喝同樣的水，他也沒有機會在杯子裡下毒，洗清了他的嫌疑。

吉平被送回了自己家，要等完全復元才能再入宮。昌浩目送載著藥師與吉平的牛車，還有跟著回去的堂哥們遠去後，嘆了一口氣，回到辦公室。

「伯父不會有事吧？」

《我們儘可能做了處理，再來就看他本人的體力了。》

隱身回答他的是朱雀。為了謹慎起見，天一跟隨吉平回家了，要確定他平安無事。

「嗯……」

昌浩垂下頭，握起拳頭。他什麼也不能做。

陰陽寮鴉雀無聲，所有人都閉起了嘴巴。明明大家的心情都激盪不已，現場的氣氛卻十分沉悶。

吉平倒下的地方，已經擦得乾乾淨淨。弄髒的紙被丟棄，可能被下了毒的杯子也被送去了典藥寮，調查毒藥的種類。

昌浩一出現，所有視線都集中在他身上，但是沒有人跟他說話。值得慶幸的是，投向他的並不是好奇的眼光。

月份就快更迭了，他必須抄寫下個月的曆表，分送到各個寮省。

「昌浩大人。」

聽見有人叫喚，昌浩回頭看，是藤原敏次。第一個回過神來，派人去典藥寮，救回

了伯父的人，就是陰陽生中最優秀的藤原敏次。

昌浩向他深深低頭致謝。

「謝謝你，敏次大人。」

「啊，沒什麼……博士一定不會有事。」

「是，我想應該不會有事。」

敏次似乎很想對表情憂鬱的昌浩說些什麼，但找不到合宜的話，只拍拍他的肩膀表示鼓勵，就回去自己的職場了。

那種不做作的溫柔，讓昌浩很開心。

昌浩做個深呼吸，轉換心情。

「該去工作了……」

昨晚哥哥才出事，現在又輪到伯父。

他總覺得發生了什麼事，但到底是什麼事呢？

莫名的恐懼使他全身顫抖。

腦中忽然閃過一個身影。

女孩的眼淚在螢光中浮現。

這時候，大腿附近的疼痛像在責備他遺忘這件事似的，又痛了起來，痛得他皺眉蹙鼻，臉都扭曲了。

對了，自己作過一個夢。因為成長痛，差點忘了。

他用力掐住大腿，想用這樣的疼痛蓋過抽筋般的悶痛，心想這時候能不能使用止痛的符咒呢？

「這又不是傷口，而且，我自己做的符咒恐怕沒那麼有效……」

再說，自己已經很久沒做符咒，沒有庫存了。

各種事堆疊在一起，做什麼都不順遂。

昌浩滿心焦慮，悄然嘆息。

## 4

陰陽博士被下毒的事，在事發第二天才呈報到皇上那裡。

陰陽博士安倍吉平是安倍晴明的兒子。

接到通報的皇上，把人都遣開，獨自苦思。

接著下令召見藤原伊周。

被召見的伊周沒多久就進宮了。

藤原伊周是皇后定子的親哥哥。五年前惹禍上身，被趕出了京城，後來又被允許入城。皇上知道他很想恢復他在宮中的權勢，只是左大臣在宮一天，他就不可能辦得到。以前有過皇帝主政的時代，但現在都是由臣子負責。雖然藤原家握有權力，呼風喚雨，但只要天下萬民過著和平的日子，那應該就是神的旨意。

「皇上突然召見臣下，是有什麼吩咐嗎？」

伊周二十八歲，比藤原行成小一歲，但出生在攝關家，身分地位就是比行成高很多。再加上，他又是皇后的親哥哥、是外戚。但是，在權力爭奪戰中輸給了道長。

皇上沉著地切入主題。

「是關於定子的事。」

「皇后殿下怎麼了嗎？」

雖是兄妹，定子的身分還是比他高，用字遣詞不能對定子不敬。

皇上愁眉苦臉地點點頭說：

「你也知道，皇后懷孕後一直躺在床上。我很擔心這樣下去，肚子裡的孩子跟皇后會不會怎麼樣。」

「啟奏皇上，」伊周正襟危坐地說：「皇上這麼沒信心，皇后殿下也會對自己沒信心。對皇后殿下來說，皇上是唯一的依賴。」

伊周與定子的父親，曾高居關白職位，現在已經作古。

與伯父爭權奪勢的伊周，落敗收場。

他心想，如果當初自己奪得關白的地位，就可以成為定子的後盾，讓定子無牽無掛地當公主和皇子的母親，在宮中過著安穩的生活。但事與願違，道長的長女入宮，形成史無前例的雙后並立狀態。

皇上深愛的定子，在生下內親王脩子後，又不負眾望生下了皇子敦康。現在肚子裡還懷著孩子。儘管年紀比皇上大，皇上還是深愛著她的柔情和細膩的心思，總是全心全意呵護著她。

伊周真的很感謝這麼深愛妹妹的皇上。即使知道伊周襲擊過前代的花山皇帝，當今皇上對定子的心還是沒有改變。

那起事件被稱為長德之變。伊周和弟弟隆家，用弓箭射擊已經出家成為法皇的前皇帝，還使用了除非皇上下旨否則禁用的咒術，受到嚴厲的懲罰。

伊周下意識地握緊了拳頭。真相中有虛假，他是被陷害的，但沒有證據。所有狀況都在在證明，事情是伊周和隆家兄弟策劃的。不管他怎麼為自己的清白辯解，都沒有人相信。

當時定子還是中宮，躲在她住處的隆家，被奉旨闖入她住處的檢非違使抓走了。大受打擊的定子，絕望之餘，自行削髮出家。母親貴子也因為這次事件，憂慮過度而病逝。

當伊周和隆家被特赦，回到京城時，定子流下了高興的眼淚。

現在看到妹妹的短髮，伊周還是會心痛。

他下定決心非保護年幼的內親王和親王不可。

「我當然知道，可是……」皇上垂頭喪氣地嘟囔著，他已經把人都遣開了，卻還是東張西望確定沒人後才說：「伊周，我真的很不安。」

「皇上為什麼這麼不安？」

「我聽到流言，說皇后的病是受到詛咒……」

伊周不禁懷疑自己的耳朵，詛咒可不是小事。

因為詛咒的嫌疑，被流放到大宰府的痛苦經驗閃過腦海，伊周不自覺地握緊了拳頭。

「皇上，這種事不能隨便亂說……」

「可是皇后憔悴成那樣，實在不像一般的疾病。」

皇上這句話，讓伊周啞然失言。沒錯，每次去探望時，他也會想為什麼都沒有好轉的跡象呢？

「可是，秋天時……皇上不是召見過晴明嗎？聽說晴明奉旨做了病癒的祈禱，也施了法術。有連晴明都不能破解的詛咒嗎？」

皇上搖著頭說：

「可是、可是現在晴明待在遙遠的伊勢。當時或許是發揮了功效，但現在晴明身在遠處的力量，說不定保護不了定子了。」

還有……

年輕的皇帝，猶豫著該不該繼續說。接下來只是他的猜測。他並非懷疑晴明的力量，晴明擁有超越人類智慧的強大靈力，這件事他從來沒有懷疑過。

但也因為這樣、正因為這樣，那種可怕的想像才會掠過他的腦海，恍如小小的芒刺插在心頭。

有人詛咒皇后。

到底是誰——？

伊周聽出皇上在想什麼，臉色發白。

「怎麼可能……！」

那個安倍晴明？怎麼可能。不，其實很難說，藤原道長很相信晴明，兩人的交情也不錯。

很難想像道長會對皇上包藏禍心。可是，他讓女兒入宮成了中宮。中宮彰子才十三歲，還要等幾年才能生孩子。

這期間，除了敦康外，倘若再生下一個皇子，就會阻撓道長的野心。道長不能讓彰子的孩子登上皇位，就不能以外戚的身分，更肆無忌憚地掌握權力。

道長無論如何都想阻撓第二個皇子誕生，也不是不可能的事。

「我不能跟左大臣談這種事。」皇上深深吸口氣，閉上眼睛說：「我絕對不能開口問他，是不是想除掉皇后……！」

可是隨著時間流逝，皇上的疑心愈來愈重。

緊緊握住扇子的皇上，滿臉憂鬱。

「我想確定……沒有詛咒這種事、沒有人做這種事、皇后只是一般疾病。」

可是，皇上無從做確認。

「伊周，我該怎麼辦？我不想懷疑左大臣。中宮很文靜，也很善良，是個溫柔的女孩。」

她很關心皇后，總是要皇上去陪皇后，不要待在她那裡。皇上不認為她會企圖把皇后趕走，也不願意那麼想。

中宮與皇后畢竟是堂姊妹，應該彼此都想避免相互競爭吧？堂妹入宮，皇后是有些不安，但並沒有因此虧待她。或者，只是沒在身為皇上的自己面前表現出來而已？

種種思緒排山倒海而來，幾乎沖垮了皇上自己的心。

伊周思索著該對懊惱的皇上說什麼。

忽然，他想起長德之變，又因此想起了距今約百年前，那場撼動宮廷的政變。

那是昌泰之變。當時的右大臣菅原道真，跟他一樣被貶到了大宰府。

對藤原氏族來說，道真是政敵。藤原氏族不滿道真蠻橫跋扈，設計謀害了他，當時的皇帝也不喜歡道真。

伊周不禁自嘲，乾脆像菅原道真那樣氣死，變成怨靈，殺死所有陷害自己的人，用

他們的血來祭神。

在閃過這種可怕念頭的同時，伊周也想起了一件事。

「皇上。」

伊周對抬頭看他的皇上說：

「五年前臣待在播磨時，認識了一位陰陽師。」

「播磨的……陰陽師？」

「是的，據說播磨是陰陽師們的故里，由其中力量最強的人，統管播磨的陰陽師。臣認識的那位，就是那裡的首領。」

皇上欠身向前。

「他的力量怎麼樣？相當於陰陽博士嗎？還是陰陽助②？」

伊周思考了一會說：

「恕臣僭越……臣想他很可能足以跟安倍晴明匹敵。」

皇上的眼睛亮了起來。

「真的嗎？伊周。」

「真的。只是……首領已經很老了，所以可能在這幾年內換人了。」

不過，與首領血脈相連的人都擁有相當的靈力，聽說都是由其中能力最強的人繼承首領的位子。
所以即使換了新人，想必也擁有強大的力量。
「播磨的陰陽師應該跟左大臣沒有交情。臣被流放時，他們都對臣很好。臣若拜託他們，他們應該會答應。」
皇上聽到他這麼說，才露出安心的表情。
「是嗎……還有這樣的人啊。拜託你了，伊周，為了皇后，快點著手安排。」
「遵旨。」
伊周行禮接旨後，皇上又接著說：
「你去看看皇后吧。她生病不能抱親王，內親王又去了賀茂的齋院，她很寂寞呢。」
皇上知道伊周心中很擔心妹妹，所以這麼說。伊周感激地閉上了眼睛。
「承蒙皇上關心，臣感恩不盡。皇上，陰陽師的事就交給臣吧。」
「你要私下去做，不能讓左大臣或任何人知道……」
「臣會把這件事埋藏在心底，那麼，臣告退了。」
伊周退下後，邊走向皇后的住處，邊思考著該怎麼去拜託播磨的首領。

◇　◇　◇

在陰陽寮的昌浩，深深吐出沉重的嘆息。

他很擔心在自己隔壁房間的父親和哥哥們，又怕自己進去會妨礙到他們，只能從木拉門的縫隙偷偷看著他們。

聽說成親完全沒有清醒的跡象。

附身的疫鬼鑽入體內深處，硬是把它拉出來，很可能害死成親。

吉昌和昌親毫不間斷地施行祓除法術，也只能淡化飄散出來的邪氣，沒辦法消滅疫鬼本身。

吉昌和昌親可以說是不眠不休，所以昌浩也很想加入，但被小怪阻止了。

小怪說萬一發生什麼事，沒人可以處理就糟了。

出事時心情十分混亂的昌浩，聽到它這麼說，反省後也覺得不能那麼做。自己已經很努力、很努力在學習，在緊要關頭時卻還是會感情用事，連一半的實力都沒辦法發揮，做出錯誤的判斷。

沒有人會想依靠心情混亂、焦躁的術士。換成是自己，也會信賴在任何時候都不會動搖心志，能從容分析大局鎮定處理事情的術士。

想到這些，昌浩就覺得自己很沒用，心情十分低落。

至今以來，都有人陪在他身旁，因此他總覺得在必要時就會有人出手相助，所以從來沒擔心過。

那些人可能是祖父晴明、可能是父親吉昌、可能是兩個哥哥、可能是十二神將們。他把隨時有人陪在身旁，視為理所當然的事，所以這些人之中有人出事，他也會驚慌得心情大亂。

「啊、啊，我還差得太遠了。」

昌浩嘟囔著，把成堆的紙張立起來，在桌上敲打，把紙張邊緣弄整齊。

隱形的朱雀和天一，似乎豎起了耳朵想聽他在說什麼。他悄悄瞥他們一眼，壓低嗓門說話，不讓附近的同事聽見。

「我在想我必須學會在任何時候都可以處變不驚，不要依賴爺爺和哥哥們。」

母親交代他，替父親去看看吉平的狀況，所以今天他提早出門，在工作前先去了一趟吉平家。

出來迎接他的雜役說，完全沒有進展。因為體內還有殘餘的毒素，吉平一直沒有醒來，只能靠他本人的體力了。

還聽說堂哥們都請了凶日假，沒有入宮工作。他們昨天送吉平回家時，在路上撞見了狗的屍體。

這是觸穢。碰觸到死亡的污穢，必須在家齋戒淨身。再加上吉平的事，他們恐怕會請很長的凶日假。

目前來陰陽寮工作的安倍家族，只有昌浩一個人。

「感覺好奇怪。」

平時，曆部有大哥在、天文部有父親和二哥在、陰陽部有伯父在，其他寮也有堂哥們在，沒有任何親人在的宮廷，是個教人坐立難安的地方。

「不過，到處都遇得到親人，反而比較奇怪吧……」

昌浩不由得向旁邊看，發現那裡沒人，拍了拍脖子後面。

《真對不起，昌浩，我不是騰蛇。》

取代騰蛇，隱形站在那裡的朱雀開口說話了。昌浩搖搖頭說：

「小怪都留在家裡那麼久了，我卻還是……」

這段期間都是朱雀和天一陪著他，他卻還是會尋找小怪的蹤影，連他自己都覺得驚訝。

其實他常會做出好像小怪就在那裡的動作，只是他自己沒察覺。據朱雀猜測，昌浩

會下意識看的地方，應該是白色身影經常都待在那裡。

昌浩嘆口氣，繼續工作。值得慶幸的是，今天的工作都很單純。

聽說不只昌浩的伯父，連入贅參議家的成親都發生意外，不能入宮，吉昌與昌親、吉平的兒子們也都請假缺席，陰陽寮的同事們都很關心。

不像木材飛來安倍家時那樣窮追猛打地逼問，這次因為事情太過嚴重，貴族們好奇心再旺盛，還是有所顧忌。

多少有些心理準備的昌浩，發現都沒人來問，才鬆了一口氣。只有陰陽寮的大官們來問過狀況，問完就放他走了。

昌浩站起來。接下來的工作，是把寫完的資料裝訂起來，必須去書庫拿工具。

陽光很燦爛，但風很冷。外廊也很冷，從腳底冷上來。

已經完全進入冬天了。

「神無月也快結束了。」

進入霜月，天氣會更冷吧？可能也快下雪了。

昌浩漫不經心地拍打著冰冷的高欄，腦中閃過小怪經常輕盈地走在上面的身影。

在陰陽寮工作時，小怪總是蜷縮在他身旁睡覺，現在待在沒有他的家中，小怪都在做什麼呢？

也是在睡覺嗎？還是在跟勾陣或天空下棋？

昌浩很難想像它跟其他神將交流的畫面，所以只能想到這些。

是不是多睡一點，喉嚨就能復原呢？

很久沒聽到小怪的聲音了。它以小怪模樣現身的時間，遠比紅蓮模樣的時間長，昌浩也聽慣了它高八度的聲音，現在卻快忘了。

人類的記憶非常不牢靠，一段時間不見，影像就模糊了。

腦中的身影，會與實際模樣產生差異，或許是因為時間在那時候停止了吧。

想著這些事的昌浩，大腿又痛了起來，痛得他表情扭曲。

他停下來，壓住大腿。

《昌浩大人，你還好吧？》

他挺直身軀，對擔心的天一說沒事，其實真的很痛。可是喊痛也沒用，只能咬著牙熬過去。啊，真的好痛。

又來一波疼痛，他抓住大腿呻吟。啊，痛死了。要不是怕丟臉，他好想躺在地上打滾。

「昌浩大人，你不舒服嗎？」

有聲音從背後傳來，他慌忙立正站好。

「對不起，是有點不舒服。」
藤原敏次詫異地看著他說：
「昨天才發生那種事，成親大人又出了意外，你大可請假不要逞強啊。」
從敏次話中聽得出來，他是真的很關心昌浩。
「不，不是的，只是有點成長痛……」
聽到昌浩這麼說，敏次眨了眨眼睛。
「成長痛？哦，那就沒辦法了。」可能是想到什麼，敏次自顧自點著頭說：「那就好，如果會對工作產生妨礙，就去典藥寮要點貼布或止痛湯藥。」
「那樣就能減輕疼痛嗎？」
敏次合抱雙臂說：
「我沒那麼痛，所以沒用過。不過，我哥哥當時就很痛。他會把泡過水的手帕纏在膝蓋上，或是塗抹藥膏，我記得他試過了所有可以試的辦法。」
昌浩茫然望向遠處，心想會痛的人還真的很痛呢。
「謝謝你，我痛到受不了時，就會去典藥寮。」
「哦。」
昌浩向敏次行禮致謝，轉身離開。他必須趕快去拿道具，否則接下來的工作都會往

後延。

他真的很想問成親關於成長痛的事，要不是發生那種事，他會趁工作空檔去找哥哥，聊很多很多事。

結果都沒機會跟成親、昌親說到話。他們現在大概也沒心情，管昌浩的成長痛等瑣碎的事。

但是，把這些瑣碎的事說出來後，心情真的好多了。

「呃，這樣應該齊了吧。」

昌浩從書庫找齊工具走出來，被從沒見過的公子叫住。

「你是安倍吉昌的兒子昌浩大人嗎？」

他轉身一看，是個三十五歲左右的貴族。從直衣的顏色來看，是達官顯要。

「是的，你是……？」

貴族好像有什麼話想對疑惑的昌浩說。

「你……沒、沒什麼，對不起，把你叫住了。」

昌浩慌忙詢問轉身就要離去的公子：

「你是想找我父親嗎？」

公子停下腳步，扭頭轉向他，表情有點畏怯。

「吉昌大人啊……吉昌大人的話……」

然後公子又搖搖頭說：

「不，不用了，吉昌大人恐怕……」

「是一定要找我祖父嗎？」

昌浩問，公子沉默以對。想必是這樣沒錯。

眼神飄忽不定的公子，對昌浩說話，眼睛卻沒看著昌浩。

「你知道晴明大人什麼時候會回來嗎？」

昌浩搖搖頭。公子失望地垂下頭。

「有機會的話，請轉告晴明大人，說藤原公任有事跟他商量。」

昌浩在心中複誦這個名字，點點頭說：

「是，我會轉告。」

公任快步離開了。

昌浩不認識這個達官顯要。

「他是誰啊？」

朱雀在滿臉疑惑的昌浩身旁現身說：

「他是從三位的少納言吧。官位很高，難怪你不認識。」

「原來如此。」

昌浩點著頭，心想朱雀怎麼會知道呢？

合抱雙臂的朱雀，看出他在想什麼，做了說明。

「我對公任本人不熟，是他父親賴忠經常來拜託晴明做護符，所以我知道他。」

藤原氏族人數眾多。有權有勢的貴族多半是藤原氏族。說實話，不可能連沒有往來的藤原氏族的人都認識。

「可是到公任這一代，就沒來拜託過晴明了。畢竟晴明是藤原氏族首領的御用陰陽師，他也不好意思隨便來拜託吧。」

「爺爺不會在意這種事吧？」

「是啊，晴明完全不會。貴族之間的利害關係，似乎讓他很為難。」

神將們對人類的權力鬥爭毫無興趣。只要跟晴明無關，他們就不會想深入了解。

「想找爺爺商量，一定是為了那種事吧？我知道不該這麼說，但現在真的很不想聽那種事。」

看昌浩一副很排斥的樣子，朱雀苦笑著輕拍他的肩膀說：

「沒辦法，對貴族們來說，陰陽師無所不能，他們才不管你做不做得到。」

到後來，比較無關緊要的案子，晴明會敷衍了事，或隨便給個聽起來頗有道理的答案。無關緊要的案子，只要能安撫委託人的心，就算解決了。
「什麼叫無關緊要的案子？」
「譬如說天花板長出菌菇，是不是什麼不好的徵兆。」
「菌菇？」
昌浩一臉茫然，朱雀若無其事地點點頭說：
「是啊，原來是每到梅雨季節，古老的房子就會漏雨。」
那不就是房子太舊漏雨才會長出菌菇嗎？
「爺爺怎麼處理？」
「他舉辦了正式的祓除儀式，然後跟委託人說沒事了，可以整修房子了。」
「這……」
有必要祓除嗎？
「為什麼不一開始就叫委託人整修房子呢？」
「我也這麼想。可是晴明說，委託人都想求個心安，所以舉辦個正式的儀式非常重要。」
求得心安後，委託人就會付錢，晴明就把錢收下。
「該怎麼說呢，委託人會覺得陰陽師來做過種種儀式，問題就解決了，這也是陰陽師的重要任務。其實，不只晴明，吉昌和吉平也會接這種工作。」
昌浩目不轉睛地盯著朱雀說：
「我一次也沒接過。」
「那當然啦，晴明都是讓你做真的很困難的工作。」
「咦咦咦？」
昌浩不由得大叫起來，經過的官員都好奇地瞥他一眼。他慌忙收斂表情，往陰陽部走去。
重新抱好工具後，他壓低嗓門說：
「為什麼爺爺老是讓我做那麼困難的工作？」
朱雀哈哈大笑說：
「因為無關緊要的案子真的很無關緊要，不能鍛鍊你。」
昌浩虛脫地垂下肩膀。沒錯，祖父就是這樣的人。
一陣子沒見面，都忘了祖父這種性格。
不過，這種鍛鍊也造就了他，芝麻小事都可以自己想辦法解決。
只是像這次這樣，親人發生什麼事時，他還必須學著保持冷靜。
再怎麼累積技術和知識，沒有經驗都只是紙上談兵。

成親的事件帶給他極大的省思。

「我能不能像父親、昌親哥那樣，為成親哥做點什麼呢……」

昌浩落寞地嘟囔著，朱雀拍拍他的肩膀鼓勵他。要不是昌浩現在戴著烏紗帽，朱雀會比較想用力地抓抓他的頭。

以前，安倍家的長子與次子有什麼事時，朱雀都會習慣性地抓抓他們的頭，表示鼓勵，只是昌浩不知道而已。

天一想起這件事，懷念地瞇起眼睛，依偎在朱雀身旁。

◇ ◇ ◇

**小怪的陰陽講座**

②陰陽助，輔佐陰陽寮長的次官。

# 5

藤原伊周派使者去播磨已經五天了。

躺在床上的他，感覺有東西在床邊飄落，張開了眼睛。

微暗的室內，響起微弱的鳥叫聲。現在是拂曉時分，天還沒亮。

他環顧四周，發現黑暗中飄浮著灰白的身影，嚇得倒抽了一口氣。

緩緩抬起來的臉，望著伊周。

是個白髮男人。長長的頭髮紮在後面，劉海遮住了上半邊的臉。從劉海縫隙間露出來的雙眼，紅得像血。身上穿的深色水干，讓他的白髮更加顯眼。

男人從懷裡拿出書信，遞給被奇特的入侵者嚇得全身僵硬的伊周。

伊周爬起來，接過書信。正要點燃燈台的火時，被男人阻止。男人用右手的食指在半空中比畫幾下，再把指尖指向燈芯。火「啵」地點燃了，橙色光線照亮了室內。

男人沉著地對目瞪口呆的伊周說：

「播磨首領要我問候你，大帥。」

大帥是伊周滯留播磨時的暫時稱呼。聽到這句話，他才鬆懈下來。

「首領年紀很大了，他還好嗎？」
男人平靜地回應：
「如你所說，年紀大了，所以大多時間都躺在床上。」
「是嗎……」
長德之變時，伊周被判流放，卻以生病為由，滯留在播磨。統領播磨陰陽師的首領，對他非常照顧。聽說是當時的播磨首長再三拜託他的。
「你的髮色跟眼睛是……？」
怪裡怪氣的色調，看起來有點可怕，伊周不由自主地問。男人卻絲毫不以為意，回他說：
「在又被稱為神祓眾的播磨陰陽師中，這是擔任重要職務的證明。看起來很礙眼，請多多包涵。」
伊周很好奇到底是怎麼樣的職務，但感覺不是什麼好玩的事，就默默點個頭，改變了話題。
「既然首領派你來，那麼，你應該是神祓眾中具有相當能力的人吧？」
「聽候差遣。」
「那麼，我要麻煩你一件事。」

男人面無表情，默然盯著伊周的嘴巴。

那雙眼睛很嚇人，但伊周硬是把恐懼壓到了心底。

◇　◇　◇

今晚是明日即將改變月份的新月之夜。

昌浩在陰陽寮待得特別晚，好不容易把成堆的工作做完，踏上了歸途。

因為是沒有月亮的晚上，所以昌浩施加了暗視術。儘管沒有光線，還是看得見。這種方便，是陰陽師的小小特權。

成親還沒清醒。疫鬼躲在他體內釋放邪氣，侵蝕著他的身體。

忙著驅散邪氣的吉昌，終於在昨天累倒了。

昌親勉強支撐著，可是這樣下去，遲早會到達極限。

現在靠天空的神氣，把時間停下來，讓昌親休息。

可是停太久，也會危及成親的生命。人類的身體很脆弱，要是違反大自然的哲理，往往會產生反作用。為了救命而做的事，難保不會反而縮短生命。

附著在成親體內的疫鬼，是某人的式，被擁有強大力量的術士操控著。既然沒辦法除去疫鬼，就必須找出根源。

這麼想的昌浩，這五天來都在尋找操縱疫鬼的術士。

退出陰陽寮後，他就利用半夜到天亮的短暫時間，跟神將們一起努力尋找線索，但毫無收穫。

焦躁在他心中擴散，沉沉盤據。吉昌累倒後，他的焦慮更接近極限。

在黑漆漆的夜路上，幾乎以半奔跑狀態前進的昌浩，嘆口氣，扭頭叫喚：

「朱雀、天一。」

隱形的兩人現身。昌浩停下來，看著兩人說：

「我一個人回家，你們去找線索。」

神將們面面相覷。

「可是，昌浩大人……」

天一想反駁，被臉色陰鬱的昌浩制止了。

「沒時間了，現在只靠昌親哥一人封住疫鬼，再不趕快找到術士，連昌親哥都會……」

昌浩說不下去了，朱雀合抱雙臂說：

「我了解你的心情，可是我不能扔下你一個人。」

「朱雀！」

昌浩急得大叫，朱雀不理他，轉向天一說：

「天貴，妳送昌浩回家。」

「知道了。」

天一回應後，朱雀立刻轉身離開，消失在暗夜中。

昌浩想抗議，但話才到喉嚨，就吞下去了。他想起焦躁的不只自己。

神將們與哥哥們相處的時間，比他更長。昌浩所依賴的哥哥們，對神將們來說就像自己的孩子或弟弟，神將們看著他們長大，有著深厚的感情。

這幾天來，昌浩都親眼看見了。

天后和太裳一直陪伴著成親的家人。沒有靈視能力的大嫂和侄子、姪女們，都沒有發現隱形的他們。

偶爾，其中一人會來向吉昌報告狀況。

聽說成親被襲擊的那天晚上，是十二神將們在大嫂面前現身，轉述了事情經過。在那之前，神將們幾乎沒有現身過，但是大嫂可能聽成親形容過他們的模樣，所以只有些驚訝，很快就適應了。

聽說成親陷入險境，大嫂心如刀割，昏厥過去。但醒來後，在家人面前都表現得非

常堅強。

只有在孩子們入睡，她獨自回到夫婦房間時，才會抱著丈夫的衣服，壓低聲音每晚哭泣。

連那個剛強的大嫂，都傷心成這樣。昌浩想到她，心情就更往下沉。

前天昌親拜託他，去看看二嫂和姪女。聽說來龍去脈後，二嫂要他轉告昌親，不用擔心她們。好久不見的姪女，會說幾個單字了，開開心心走向他的模樣可愛極了，稍稍療癒了他的心。他回去轉告二嫂和姪女都沒事，疲憊得滿臉憔悴的昌親才鬆口氣笑了起來。

大家都撐到極限了。再不想想辦法，全都會倒下去。

吉平的命保住了，但餘毒還在體內作祟，高燒不退。去除毒素的湯藥，有削弱身體機能的副作用，所以體力愈來愈差。堂兄弟們結束凶日假的日子遙遙無期，下毒的犯人也還沒抓到。

「昌浩大人，我們回家吧。」

被天一催促，昌浩默然點頭。

這時視野忽然閃過白色的影子。

「……？」

昌浩被吸引，抬頭往上看。

沒有星星的天空，覆蓋著厚厚的雲層，花瓣般的白色細屑從那裡紛紛飄落。

「是雪……」

難怪風這麼冷。不過，還不到會積雪的程度。

昌浩忽然想起貴船的雪。

那之後已經過了一年，真是光陰似箭啊。

母親和小怪一定很擔心自己，要趕快回家才行。

正要跨出腳步時，天一的神氣驟然變得犀利。

昌浩赫然轉過身去。

「天一？」

佇立的天一，頭髮和衣服都被神氣高高吹起。

有個人站在天一前面。

站定不動的男人，穿著水干，注視著他們。最讓昌浩驚訝的是，那個男人的樣貌。

紮在背後的長髮，白得像雪一樣。

還有眼睛。注視著天一和昌浩的雙眸，是透明的紅色。那種紅，跟小怪眼眸融入夕陽般的紅不同，好像還摻雜著些許紫色。

年紀看起來跟朱雀差不多。像黑夜般的深色水干，袖子比一般衣服短。被衣服包住的身體，乍看有點過瘦，但從他的動作可以看出其實是身上毫無贅肉。露出袖子外的手腕、手指都很緊實，骨頭清楚可見。

在側邊打結的腰帶，前端繡著家徽般的圖案。

男人緩緩開口：

「你是安倍家的陰陽師嗎？」

昌浩屏住了氣息。

天一無言地制止正要回答的昌浩，替他開口：

「你是誰？」

難得聽到她這麼冰冷的聲音，而且是全身緊繃戒備。

沒有戰鬥力的土將，之所以極盡全力威嚇，是因為對方奇特的樣貌嗎？

男人沒把天一放在眼裡，視線直射向她後面的昌浩。

「安倍家的陰陽師……就是你？」

紅色的眼睛閃爍著兇光。

就在昌浩警覺地皺起眉頭時，男人採取了行動。

他像疾風般，越過天一身旁，結起刀印，描繪出九字。

「咦……?!」

轉過身的天一還來不及重整態勢，男人已經在她和昌浩之間築起了無形的牆壁。

「昌浩大人！」

天一攀在牆壁上大叫，男人看都不看她一眼，轉向了昌浩。

被冰冷的視線射穿的昌浩，張大了眼睛。

無法言喻的戰慄，從脖子掠過背脊。

男人比昌浩高出兩個頭，紅色眼睛依然閃爍著剛硬的光芒，盯住昌浩不放。

昌浩下意識地往後退。

直覺告訴他，不能硬碰硬。他也不知道為什麼，本能就是發出了警告。

「昌浩大人、昌浩大人，快逃啊！」

男人轉向天一，用刀印在空中比畫了什麼記號。

「五芒星?!」

起初昌浩這麼認為，結果卻出乎意料，是六個角的星星。

「竹籠眼……！」

那是竹籠眼之印，又稱六芒星。安倍家收藏的書籍中，也很少提到這種形狀的手印。

很像祖父偏好的五芒星，但多一個角。男人把竹籠眼的圖案一口氣畫完，再把力量發射出去。

天一慘叫一聲，被關進了在牆壁外瞬間形成的光柵欄裡。

「天一！」

昌浩想衝過去，卻發現自己的身體懸空升起。

扭頭一看，男人正抓著他的手，紅色眼睛閃過厲光。

「啊……！」

背部一陣衝擊。不知何時天地反轉了。是男人一把抓住他的手，把他拋出去了。當他察覺到的瞬間，男人又再度抓住了他的雙手。

被反擰的肩膀嘎吱作響，痛得昌浩表情扭曲，直冒冷汗。

這傢伙就是襲擊哥哥的術士嗎？

昌浩試圖掙脫，卻怎麼也推不開男人的手，脖子還被緊緊勒住。

他不能呼吸，耳邊響起撲通撲通的心跳聲，與耳鳴聲交疊。

在痛苦中，昌浩恍然大悟。

這個男人是陰陽師。他會使喚疫鬼、會使用竹籠眼印封住十二神將、會以精湛的武術制伏敵人。

昌浩不擅長武術，怎麼樣都沒辦法專心練習。小怪告誡過他好幾次，不可以偏廢，他都回它說到時候再用法術彌補就行了。

「唔……！」

好難過。氧氣不夠。頭痛欲裂。

昌浩猛抓男人的手。這樣下去會完蛋。

非想辦法甩開男人的手不可。

他儘可能不想對人類使用法術。使用時，需要相當的覺悟。面對明顯帶著敵意與殺氣的敵人，必須使出同等的法術，靠力氣贏不了。

「……嗡……！」

他咬緊牙關，用右手結手印，在空中畫出相剋的五芒星。

發出呻吟般的真言後，他再也不能呼吸。男人更緊緊掐住了他的脖子。

「住手、住手！」

連天一的慘叫聲，聽起來都好遙遠。

心跳在胸口撲通撲通加快了速度。掛在脖子上的道反勾玉，冰冷地顫動著。

緊閉的眼皮下，有灰白色的火焰在眼睛深處搖曳。

昌浩蠕動嘴唇，眼皮微微張開，視線射穿了男人。男人看到他眼中的白色火焰，嚴厲地瞇起了眼睛。

「就是這個？」

心臟又在昌浩胸口狂跳起來。嫋嫋搖曳的火焰，熊熊燃燒起來，同時也從昌浩全身冒出不屬於人類的波動。

「昌浩大人……！」

天一大驚失色。那是天狐的火焰。

「不可以！昌浩大人，不可以……！」

使出渾身力量敲打光之柵欄的天一，拚命叫喊。面臨死亡時，那股力量的確可以救昌浩，但同時也會削弱他的生命力，是名副其實的雙面刃。

「快住手啊！朱雀、朱雀，快來人啊……！」

語尾已經成了含淚的慘叫。

男人只瞥神將一眼，就低下頭，面無表情地注視著昌浩，像是在觀察顯然與靈氣不同的力量波動。

昌浩的表情驟變，不再是人類的面貌。

男人的視線與昌浩的視線交會，紅色眼睛冰冷地閃爍著。

他把昌浩的左手向後扭，昌浩右手著地，撐住失去平衡的身體。男人又用手肘往他

的右手敲下去。
右手正中央附近響起鈍重的聲音，昌浩瞪大眼睛，然後大叫起來。
「唔……！」
他抱住被打得歪七扭八的手，痛苦地喘著氣。男人抓住他的衣領，把大拇指壓在他脈搏跳動的地方。
這樣會壓迫血管，阻礙血液循環。
眼前一片黑暗，他卻不覺得難過，因為手的疼痛更強烈。
他隱約聽見天一在遠處狂叫，把在夜裡也豔麗奪目的金髮甩得凌亂不堪。
「……」
昌浩擠出最後的力量，抓住男人的手。但完全使不上力，根本動不了他。
心跳聲在胸口撲通撲通震響。
眼底浮現微弱的光芒。
啊，是螢火蟲。
在黑暗中飛舞的螢火蟲。我們有過約定，明年夏天要去看螢火蟲。去那座山中，以螢火蟲聞名的河邊。
這個螢火蟲的約定，還沒實現呢。

昌浩的手無力地垂下來。

天一發出刺耳的叫聲。

昌浩眼底盡是螢火蟲。

「住手！」

這時響起清澈的尖銳叫聲，劃破了雪花紛飛的夜晚。

轉頭看的天一，看到一個身影在黑暗中直直往這裡衝過來。

那個身影衝向了隔開天一與昌浩的牆壁。

甩動著袖子伸出來的纖纖細手，結起刀印，在半空中畫出了五芒星。

「禁！」

光芒燦爛的五芒星打在牆壁上，兩種波動激烈衝撞，相互抵銷了。

靈氣發出清脆的碎裂聲響，碎片像雪花般閃閃發亮，向四方散去。

那個身影直直走向抓住昌浩的男人，滑入兩人之間，將掌心朝外推出去。

衝擊力從額頭貫穿頭頂，男人往後仰，被彈飛出去。

跟男人一起被拋出去的昌浩，也重重摔在地上。那個身影對著正要重整態勢的男人大叫：

「住手，夕霧！」

抹抹下巴站起來的男人，臉有些臭，一句話也沒說就轉身離開了。

男人的身影消失在雪花飄落的黑夜裡。

天一呆呆看著這一幕。

突然現身擊退男人的術士，又結手印畫出九字紋，解除了還鎖住天一的靈氣柵欄。

恢復自由的天一跑向昌浩，把手放在已經半昏迷的昌浩的手上，使用了移身法術。

傷勢比想像中嚴重。不只是骨折，連骨頭都碎了。用來連接骨頭的肌腱也斷了，不治療的話，右手會沒辦法動彈。

神將把傷勢移轉到自己身上，昌浩的右手還是不能動。

這時候，術士緩緩走過來，在天一和昌浩前面單腳跪下來。

「妳究竟是什麼人？」

抱著昌浩的天一，全身冒出神氣。她沒有能力攻擊，但只要築起結界把他們自己圍起來，敵人就傷不了他們。

「不要妨礙我，妳不怕他的手再也不能動嗎？」

術士瞪著充滿戒心的天一，指著昌浩受傷的手。

天一的肩膀大大顫動。這時候，從她懷裡傳出微弱的呻吟聲。

她驚慌地低頭看，面無血色的昌浩眼皮輕微抖動，緩緩張開了眼睛。

他眼前滿是螢光，好多好多淡淡的光點在黑暗中飛來飛去。
一個女孩的身影，在螢光的照耀下浮現。
朦朧的視野逐漸有了清晰的輪廓。
使用可以看透黑暗的法術，所以看得跟白天一樣清楚的視野中，浮現出那個女孩的身影。
女孩用挑釁般的犀利眼神注視著昌浩。
她把昌浩不能動的手拉過來，用右手結起刀印，在受傷的地方比畫了什麼印，然後在嘴裡低聲唸起了咒語。
昌浩也知道這個咒語，是用來祈求病癒。
右手的疼痛消失了，血液流到麻痺的指尖，指頭也可以動了。
她還摸了昌浩的喉嚨。天一仔細一瞧，發現那裡有瘀青，產生了內出血。透過皮膚，可以摸得到代表心跳的脈搏，只要按住那裡，就會因為血液無法流動到頭部而導致死亡。
那個男人顯然是想壓住那個地方。只要女孩再晚一步介入他們之間，昌浩肯定會死在天一眼前。
毛骨悚然的天一啞然失色，躺在她懷中的昌浩，茫然地看著女孩。

夢中見到的女孩，就在他眼前。

仔細看，可以看出深色的水干是藍色。長過腰際的頭髮綁在後面，臉龐兩邊分別垂落一綹頭髮。

鼻梁高挺的臉娟美秀麗，炯炯發亮的眼睛，有著又黑又大的眼珠子。上揚的眉毛給人強悍的感覺，但眼角微微下垂。薄薄的嘴唇緊閉成一條線，帶點淡淡的紅色。在黑夜裡，白皙的皮膚顯得更加晶瑩剔透。

年紀大約十來歲，可能跟自己差不多。

纖細的手指從脖子移開了。細得教人驚訝。仔細看，連水干裡的肩膀、身體，也都給人柔弱清瘦的感覺。

這樣的她，居然可以把比昌浩高兩個頭的男人打飛出去。

「妳是誰……？」

好不容易發出的詢問聲，嘶啞得連自己都感到驚訝，甚至可以說是支離破碎。

女孩皺起眉頭說：

「你的喉嚨受傷了，不要說話。」

音調偏高的聲音清脆嘹亮，十分悅耳，但說話的語氣一點也不客氣。

昌浩被強勢的語氣震住，張口結舌，是天一替他開口。

「妳是誰？快回答。」顏色比天空淡的雙眸，閃爍著一點也不像她該有的嚴厲光芒。「那個男人為什麼想要昌浩的命？妳叫那個男人夕霧，妳究竟是……」

天一的語氣兇得嚇人，眼冒怒火。她對襲擊昌浩的男人感到憤怒、對自己的無力感到憤怒，這些憤怒像狂風暴雨般在她心中翻騰。

昌浩沒想到那麼多，只覺得她不像平常的天一，剛才受到的驚嚇又還沒退去，頭腦一片茫然。

水干裝扮的女孩嘆口氣，舉起一隻手叫天一安靜，轉向昌浩說：

「你是安倍家的陰陽師？」

剛才那個男人也問了同樣的話。

昌浩帶著戒心點點頭，女孩的眼睛就亮了起來。

「是吉平的兒子？還是吉昌的兒子？」

聽到她直呼伯父和父親的名字，昌浩有些不高興，但還是回她說是吉昌的兒子。

她回說：「是嗎？」用帶有某種含意的眼神，把昌浩從臉到身體、腳，仔細看了一遍。肆無忌憚的視線，讓昌浩渾身不舒服。

端詳昌浩好一會後，女孩點個頭站起來說：

「我叫小野螢。」

昌浩陡然張開眼睛。

「螢……？」

好震撼。佇立在螢光中的女孩，名字居然是螢。

「是的，我來拜訪安倍吉昌，不久前應該有派人來通報過。」

昌浩眨眨眼睛，在記憶中搜尋，想起父親說過有客人會來。

「妳是……播磨的……？」

小野螢點點頭，目不轉睛地盯著昌浩。

「聽說安倍吉昌有三個兒子……原來就是你啊。」

昌浩的心不由得發寒。

剛才被螢稱為夕霧的男人，不是也說過同樣的話嗎？

——就是你？

什麼意思？他不認識他們，他們卻好像認識他。

為什麼夕霧要攻擊他？為什麼要殺他？

為什麼螢要救他，跟夕霧對立？

螢站著，昌浩的視線正好在她的腰下方，綁在右邊的腰帶映入眼簾。

腰帶前端有刺繡的圖案。夕霧的腰帶上也有同樣的徽紋。

「竹籠眼……」

螢聽到他的喃喃自語，微瞇起眼睛，沒有說話。

抓著天一的手站起來的昌浩，忽然有種難以形容的焦躁感。

# 6

安倍家在一片慌亂中，迎接了來自播磨的客人。

躺在床上的吉昌，總不能就那樣躺著，只好勉強起來梳洗打扮，在昌親的攙扶下出去見客。

全家人都聚集在西棟。螢在安倍家所有人前面，恭敬地跪下來，雙手著地。

「我是來自播磨國的小野螢。原本打算在送出通報的書信後立刻動身，但被某些事耽擱，所以來遲了，敬請原諒。」

說完後，她抬起頭，挺直背脊，把雙手放在膝上。

視線依序掃過所有安倍家的男人後，她看著露樹說：

「對不起，煩請夫人離開現場。」

露樹張大眼睛，用視線徵求吉昌的意見。

吉昌沒說話，用苛責的眼神看著螢，但螢絲毫不為所動。

「我知道這麼說很失禮，可是我們播磨陰陽師神祓眾的首領這麼交代過。」

她稍作停頓，吸口氣後又接著說：

「至於我們的談話內容，吉昌大人事後要告訴她也沒關係。總之，首領交代只能先跟安倍氏族的人說。」

既然都說得這麼白了，只好離開。

露樹正要站起來時，被吉昌阻止了。

「妳不用走，我們換地方。」

昌親看到父親的眼神，點點頭站起來。昌浩慌忙跟在後面。

他們前往的是東北邊的房間。現在主人不在，那裡是祕密會談的最佳場所。螢走在吉昌和昌親後面，由昌浩殿後。

進入整理乾淨的房間，就看到小怪和勾陣，天一站在他們前面，好像在向他們報告事情經過。

昌浩看到天一抱著右手，覺得對她很抱歉，微瞇起眼睛。天一看出他的心思，微笑著對他搖搖頭。這樣的動作，更刺痛了昌浩的心。

小怪甩甩尾巴，瞪著從播磨來的女孩。勾陣雖然不是很明顯，但看著女孩的眼神也不太友善。

螢毫不在乎神將們的態度，昂首闊步走向他們，在小怪前面從容地單腳跪下來，伸出手抬起小怪的白色下巴。

勾陣和天一都看得目瞪口呆。剛才跟夕霧對峙時，天一是徹底現身，但現在並不是，他們都是以只有安倍家的人看得見的神氣現身。

沒料到她會這麼做的小怪，反應不過來，直盯著她看。她回頭問吉昌：

「這是什麼？」

啞然失言的吉昌，看到她烏黑的眼珠子，霎時回過神來。

「那是……呃……它是……」

該怎麼說才好呢？吉昌找不到適合的字眼，支支吾吾說不出來。既然它現在是異形的模樣，就不能說出它原貌的名字騰蛇，但也不能像昌浩平時叫它那樣，向螢說明它是怪物，名叫小怪。做這樣的說明，事後會被騰蛇罵。

螢掃視男人們一圈後，把視線轉向神將們，再拉回到小怪身上。

她眨個眼，淡淡地說：

「你做了什麼？怎麼會變成這樣？」

她觸摸白色的喉嚨做確認，皺起眉頭說：

「啊，是五行失衡，對這裡造成了負擔。」

小怪大為震驚，呆若木雞。

——啊、啊……五行的配置全亂了，影響到最虛弱的地方……

隔著水鏡跟好久不見的晴明交談時，晴明也說過同樣的話。

小怪和紅蓮並沒有對板起臉責備小怪太莽撞的晴明說發生了什麼事，晴明卻只看一眼就說中了。

這種事只有安倍晴明才做得到。

然而，這個女孩卻跟晴明一樣，只瞄一眼就說中了。

吉昌和昌親都不知道小怪為什麼不能出聲，只聽說它有點不舒服，所以他們不知道神將們為什麼這麼吃驚。

勾陣偷偷觀察昌浩的反應。

昌浩的表情驚愕到不行，屏住氣息，啞然無言。

螢又接著說出了驚人之語。

「我可以治好它嗎？不治很難過。」

吉昌愣愣地點頭說：

「哦，嗯，可以治得好的話，當然好……」

夕陽色的眼睛張得更大了。不會吧？真敢說大話，哪有那麼容易治好？

晴明就有可能做得到。透過水鏡不行，直接面對面就做得到。晴明看到小怪不能說話很心疼，所以見到面就會幫它醫治。

不能說話其實不會妨礙溝通，沒什麼不方便。

但可能是無意識吧，昌浩總會露出心疼的表情。小怪不忍心看他那樣，還是希望可以儘早解決這件事。

所以勾陣明知道小怪不會去，還是對它說何不去一趟伊勢？

螢把刀印按在嘴上，閉上眼睛，在嘴裡低聲唸誦神咒。然後往指尖吹口氣，再對著小怪的喉嚨結手印。

昌浩注視著她的動作。那是祓除的五行。他也施過同樣的法術，沒有用。

螢又結其他手印，在嘴裡嘰嘰咕咕唸著咒文。

最後用刀印戳一下小怪的喉嚨，呼地喘口氣問：

「怎麼樣？」

難以置信的疑惑在小怪腦中繚繞。所有人都嚥下唾沫，盯著連眨好幾下眼睛的小怪。被這麼多人注視，對小怪來說是少有的經驗。

它覺得渾身不自在，但還是張開了嘴巴試音。

「啊——」

過度的驚訝，使它的長耳朵和尾巴都彈跳起來。昌浩的表情更僵硬了。勾陣和天一都倒抽了一口氣。

小怪用前腳輕輕撫摸著喉嚨附近。

「復原了……」

孩子般的高八度聲音，聽起來分外沉重。

「嗯，太好了。」

螢絲毫不感意外地回應。猛眨著眼睛，心情很複雜的小怪，抬起頭看著她，粗聲粗氣地說：

「總之，謝謝妳。」

「不客氣，不治好你，有點可怕。」

聽到這句話，小怪真的啞口無言了。

處在五行失衡、對喉嚨造成負擔的狀態下，就沒辦法完全封住原貌騰蛇的神氣，怎麼樣都會溢出一些些。同袍們都有察覺，但相當微量，不到需要注意的程度，昌浩又體貼它，沒讓它跟去陰陽寮，所以他們覺得無所謂。

「妳是……？」

小怪聲音嘶啞地低喃，螢滿不在乎地回答：

「我是播磨神祓眾的小野螢。」

神將們只聽過播磨神祓眾，不清楚詳細內容。基本上，十二神將對人類沒什麼興趣，只有跟安倍晴明相關的事，才能激起他們的求知慾。除非有必要，否則他們不會自動自發去了解其他事。

關於播磨神祓眾，他們也只是以前聽說過晴明的祖先跟他們有往來，所以記得。至於怎麼樣的往來，他們就沒聽說了，晴明自己也不清楚。

小怪的呼吸不自覺地急促起來，心想這傢伙到底是什麼人？

疑問捲起漩渦，逐漸擴散。莫名的警鈴聲，在腦中某處響起。不知道為什麼，有種似曾相識的感覺。

「……神祓眾的……」

霎時，小怪嚴厲地瞇起了眼睛，瞪著螢低聲質問：

「妳說妳姓小野？」

「是的。」

小怪全身的毛瞬間倒豎，心想應該不會吧？

「妳總不會告訴我，將近兩百年前，妳的祖先中，有個桀驁不馴、天不怕地不怕、任性自我，心腸、性格都差勁到極點的男人吧？」

螢滿臉驚訝，張大嘴巴，看著像連珠砲般說了一長串話的小怪。

「桀驁不馴、天不怕地不怕、任性自我，心腸、性格都差勁到極點的男人，我是沒

聽說過，只知道那個時期，有人在京城擔任文官。」

當時的皇帝，好像是嵯峨吧？她只記得一段軼聞說，那人備受重用，但因為某件事觸犯皇帝，被流放隱岐，後來獲得恩赦，又在京城活躍起來。

聽完螢的敘述，不只小怪，連勾陣、天一的表情和神氣都變了。

感情被牽動的他們，散發出來的神氣，形成波浪般的怒潮，震動了竹簾和屏風。其中又以勾陣的神氣最為強烈。

吉昌和昌親看到神將們突然激動起來，嚇得全身血液倒流。

昌浩大約知道原因，但是那麼洶湧奔騰的神氣，還是把他嚇壞了。

營造出這種氣氛的小野螢，歪著脖子，嘆口氣說：

「真的是這樣呢……」

「妳說什麼?!」

小怪齜牙咧嘴地質問，螢若無其事地說：

「有人告訴我，十二神將聽到這種話，會變得殺氣騰騰。」

「誰說的？」

「他本人。」

「哦……?!」

這不知道是小怪第幾次啞然無言了。
螢撩起垂落的劉海，困惑地抬起了視線。
「難怪他告訴我最好不要說……原來是這樣啊。」螢嘆口氣，垂下肩膀說：「真是的，他到底做了什麼事嘛。」
不只他自己，連跟他有血緣關係的子孫都受到牽連，螢真希望他不要這樣一直製造敵人。
沉默許久的勾陣，浮現冰冷淒厲的微笑。
「喲……小妮子，看來妳常跟那個男人見面？」
吉昌和昌親默默往後退一步。昌浩驚愕地看著勾陣。
「小……小妮子？」
昌浩不禁在嘴巴裡複誦。那個勾陣居然那麼……該怎麼說呢……就是……
哇，那股氣勢簡直就像在愛宕把異教法師打得落花流水那樣。
不同的是，眼珠子還勉強保持著黑色。不過，變色恐怕是遲早的事。
螢困擾地縮起肩膀說：
「我們並不常見……而且不能說是見面吧？每次都是他自己來，把他想說的話說完就走了。除非他想來，否則我請也請不來。現在我知道你們有多討厭他了，可是我覺得他並不是那麼壞的人。」

小怪目瞪口呆。

難道那個教人恨得牙癢癢的、老愛作踐人、氣死人不償命，還會把人緊緊掐住，折磨到不成人形，再徹底摧毀的傢伙，對自己人也有溫柔的一面？

千言萬語在心中風起雲湧，卻說不出口的小怪，氣得全身發抖。勾陣抓住它的脖子，把它拎到一旁，自己走到螢的前面。

「妳是說他想來的時候，就會在妳面前出現？那正好，省得我們漫無目標地找他。」

昌浩毛骨悚然。語氣淡然的勾陣，嘴巴笑著，眼睛卻背叛了笑容。

可以把勾陣惹火到這種程度的人，也許該被好好讚許一番吧？

安倍家的所有男人，都被勾陣散發的氣焰嚇得全身發抖，螢卻毫不畏懼，點點頭回她說：

「好啊。你們十二神將都跟著昌浩吧？我必須跟他在一起，所以必然也要跟你們一起行動。」

所有人都被螢這句話震住，驚訝得說不出話來。

被推到一旁瞪著勾陣的小怪，第一個回過神來。

它慢慢轉向螢，發出有些呆滯的聲音。

「啊……？」

螢轉向小怪又重複了一次。

「我來京城就是為了跟昌浩在一起。」

然後她面向全身僵硬的吉昌，把收在懷裡的油紙包拿出來。打開油紙包，裡面是摺了好幾層的信件。

螢把信件遞給吉昌，端正姿勢說：

「這是神祓眾的首領要我轉交的信，敬請過目，並儘快給予回函。」

吉昌默然接過信件。

對昌親使個眼神後，吉昌便當場坐下來，把信攤開來閱讀。神將們都圍繞在他旁邊，確認信中內容。

默默看著信的吉昌，臉色驟變。在一旁偷看的昌親，也啞然失色。

被排擠在外的昌浩，好不容易才跟上他們的步調，緩緩指著自己說：

「呃……我怎麼樣了嗎？」

螢瞥昌浩一眼說：

「在安倍晴明的血脈中，力量最強的就是你吧？」

「這……不知道呢……應該不是吧……」

昌浩自己不是很清楚。堂兄弟們、哥哥們，都有堅強的實力，知識、經驗也比他多。單純來想，他是最不成熟的一個。

螢搖搖頭說：

「不，是你，絕對沒錯。所以，就是你了，昌浩。」

面對意有所指的強烈視線，昌浩畏縮了，用求助的眼神望向神將們。

但小怪、勾陣和天一都盯著螢看，沒有注意到昌浩的視線。

父親和哥哥也驚慌到說不出話來。

現場陷入異常的沉默，壓得人喘不過氣來。

「昌浩……」

茫然失措，呆呆佇立的昌浩，聽到父親叫喚聲，大大鬆了一口氣。

「是……父親。」

吉昌欲言又止，面有難色，眼神飄忽不定。

過了一會，他對正襟危坐的天一說：

「天一，麻煩妳帶螢小姐出去……陪她逛逛。」

溫和嫻靜的十二神將天一，表情僵硬，緊閉著嘴唇，默默行個禮站起來。

「螢小姐，請跟我來。」

來自播磨的神祓眾女孩，順從地離開了現場。

「父親，天一她們……」

吉昌叫昌親把自己攙扶到外面的走廊上，也催促昌浩說：

「跟我來，還有騰蛇、勾陣。」

昌浩搞不清楚狀況，莫名其妙地跟在父親他們後面。

走到外廊，就看到熟悉的藍白水鏡飄浮在半空中。

「啊……」

「因為發生太多事，一直沒機會說。不久前，玄武和白虎回來過，留下這個水鏡就走了。」

跳到勾陣肩上的小怪，用一隻前腳指著水鏡說。

昌浩知道水鏡這東西。以前，勾陣和天一、六合住在聖域時，玄武就做出了水鏡，讓他們可以隨時交談。兩邊的水鏡，會各自浮現對方映在水鏡裡的畫面。靠玄武的神氣連結，不只可以傳遞影像，還可以聽到聲音。

「不久前？」

小怪微瞇著眼睛說：

「呃……就是成親來那一天。」

「哦。」昌浩垂下了眼睛。從那天起，他們就忙著照顧成親，十二神將也滿腦子都是這件事，把水鏡的事忘得一乾二淨。

病倒的吉昌醒來時，勾陣才想起水鏡的事，告訴了吉昌，但是吉昌還沒有跟待在伊勢的晴明直接說過話。

成親與吉平遇害的事，晴明都還不知道。但是見到面，以晴明的敏銳度，一定會馬上看出異狀。想到這樣，吉昌就不想跟他見面。

在伊勢，晴明一定也背負著種種重責大任。吉昌真的很猶豫，該不該讓他再為京城的事煩惱。

結果最後還是不得不來請教他老人家。

晴明的兒子吉昌、還有效忠晴明的十二神將，都對這件事懊惱不已。

可能是小怪或勾陣說了什麼，十二神將天空的神氣悄悄飄落，包住了圍成一圈的安倍家男人們。再過幾個時辰就是霜月（陰曆十一月）了，覆蓋住他們的神氣遮斷了冬日寒氣。

吹起了溫暖的風，是小怪釋放的神氣讓空氣暖和了。

勾陣倚著欄杆，站在坐著的安倍家男人們旁邊。小怪坐在她肩上，臉色非常沉重。

很久沒聽到小怪高八度的聲音了，昌浩很想聽它多說一點話。可是現在的氣氛不適合提這種事，他只默默瞄了小怪一眼。

「勾陣，可以跟在伊勢的父親說話嗎？」

吉昌問，勾陣看看水鏡。

藍白色的鏡面產生波紋，逐漸與剛才沒有的影像連結。

只看到沒人的矮桌、幾堆書、沒點燃的燈台，好像沒有人在。

可能是去其他地方了。水鏡不會自己移動，所以要有人來水鏡前才能交談。

正在想該怎麼辦時，從另一邊傳來吊兒郎當的聲音。

「咦，是不是有東西在發亮？」

「啊，真的呢。」

「要不要去叫晴明或哪個式神來？」

「呃，叫晴明來吧。式神太可怕了，老板著一張臉，心情不好就很可能把我們一腳踩扁。」

「啊，我有一次差點被踩扁，那傢伙一定是故意的。」

「好過分哦，我們是人畜無害的妖怪耶。」

透過水鏡可以感覺到它們真的很生氣，所有人都忍不住笑出來，緩和了緊張的心

情，吉昌和昌親的臉上稍微恢復了血色。

「它們有時候也幫得上忙呢。」

半瞇起眼睛的小怪低聲嘟囔，勾陣輕拍它的背，表情好像在說的確是這樣。

沒多久，嘈雜聲漸漸遠離。又過了一會，燈台點燃了，老人出現在水鏡裡。

看著鏡面的晴明，張大眼睛說：

「真是人山人海呢……」

他掃視所有人一圈，苦笑著說：

「可惜，少了成親。」

聽到這句話，安倍家的男人們都繃起了臉。

晴明瞬間收起了笑容。

「發生了什麼事？」

從他們的表情就可以看出來有事。

吉昌在膝上握緊雙手，彷彿極力壓抑的千頭萬緒湧了上來。

「父親，我真的太沒用了，一見到父親就忍不住……」

說到這裡，吉昌就說不下去了，昌親代替他接著說：

「是這樣的……伯父和哥哥都命在旦夕。」

晴明繃起了臉。旁邊響起了什麼聲音。感覺有人倒抽了一口氣。從鏡面看不見，可能是有哪個神將在那裡。

昌親努力不讓聲音發抖，保持冷靜，盡量小心措詞。

「六天前，哥哥被人攻擊，疫鬼鑽進他體內，到現在還沒清醒。隔天在陰陽寮，伯父的茶又被下了毒……」

命是暫時保住了，但還沒脫離險境。

吉平的孩子們都因為觸穢，請了長期的凶日假。吉昌和昌親正傾注全力救治成親。

昌親淡淡說著這些事時，昌浩一直垂著頭，心想大家都這麼辛苦，只有自己什麼忙也幫不上。

昌親說完後，換勾陣說：

「今天昌浩在回家路上，也被白頭髮、紅眼睛的男人攻擊，天狐之血差點失控。幸好播磨神祓眾的人趕來，他才勉強逃過了一劫。」

吉昌和昌親都是第一次聽說這件事，驚愕地扭頭看著昌浩。

「真的嗎？昌浩。」

「這麼重大的事為什麼沒告訴我們？」

昌浩縮起了身體，默默點著頭。吉昌他們還想說什麼，被小怪的聲音打斷了。

1
2
3

「昌浩是怕你們擔心，你們就原諒他吧。」

兩人看看小怪，勉強打了退堂鼓。其實他們也了解昌浩那種心情，所以也不忍再責怪他。

晴明在鏡子的另一邊，發出沉重的嘆息聲。

「為什麼我不在的時候會發生這種大事呢……」

這句話不是說他在就可以預防，而是在向老天爺抱怨，為什麼偏偏在他不能提供協助時，讓親人遭遇這種災難。

昌浩緩緩抬起了頭。

晴明的表情像平時一樣沉穩，用難以形容的深奧眼神看著兒子和孫子們。

昌浩感慨地瞇起了眼睛。

原來祖父不在身旁，光看到他的臉，也能帶給大家這麼大的安全感。

# 7

屋內沒地方可去，所以螢向露樹報備後，便去了戶外。當然不是一個人，還有天一跟著她。

螢瞄了一眼默默跟著她的天一，心想這應該是監視吧？但她沒做虧心事，所以毫不在意。

這是她第一次來京城。晚上人少，反而比較好行動。

她打算隨便逛逛，到適當時間就回去。正要走過傳聞中的堀川戻橋時，她不經意地往橋下看。

忽然，她停下腳步，眨了眨眼睛。

「那是什麼？」

眨著眼睛的螢，看到一張鬼臉浮在輪子中央的妖車停在橋下。

鬼臉聽見她的聲音，抬頭往上看，驚訝地眨了一下眼睛。

吉昌指著手上的信件說：

「請看，父親，這才是主題。」

晴明瞪大了眼睛。

「什麼？唉，反正再有什麼事，我也不驚訝了。」

吉昌苦笑起來，心想這句話恐怕很快就會被推翻了。

當事人昌浩，不安地看著吉昌。那眼神像是在詢問，信上到底寫了什麼？跟我有什麼關係？

「父親……」吉昌呼喚一聲，攤開了書信。「請看這封信，老實說，我不知道該如何做判斷。」

透過水鏡閱讀信件的晴明，滿臉錯愕，啞然無言。

「……！」

昌浩看見晴明的反應，更加忐忑不安了。不只父親、哥哥，連祖父都這麼驚訝，信中到底寫了什麼？

晴明按著額頭，喃喃說著：

「這……會不會是搞錯了？」

吉昌搖搖頭說：

「我也不知道。不過，自稱叫小野螢，送這封信來的神祓眾女孩，看起來不像是在說謊。」

不論對方謊說得多高明，陰陽師們都可以從小小的眼球動作、語氣的不自然、舉止的些微造作，看出話中的虛假。

吉昌一直在觀察她的言行舉止，並沒有覺得奇怪的地方。

不只吉昌，昌親也是一樣。當她要求母親露樹離席時，昌親對她有短暫的戒心，但後來看她態度真誠，就覺得是自己想太多了。

「父親，祖父跟您說過什麼嗎？」

晴明合抱雙臂，回答兒子：

「沒有。我父親替我辦完元服儀式後，就搬去阿倍野住了。那之後一年會回來幾次，但從來沒有跟我提過這種事。」

「是嗎……」

吉昌失望地垂下肩膀，昌浩迫不及待地問他：

「到底怎麼回事？看你們扯了大半天，這件事是不是跟我有關？你們說清楚嘛！」

所有人的視線都落在昌浩身上。在水鏡另一邊的晴明，也用從來沒看過的複雜表情看著小孫子。

昌浩渾身不自在。每個人的眼神都好像很沉重，又好像很同情他。

為了轉移家人們的注意力，他抓住坐在勾陣肩上的小怪的尾巴，用力把它扯下來。

「唔哇！」

昌浩緊緊抱住坐不穩滑落下來的小怪，好像把它當成了防禦的盾牌。

抱著白色身體的昌浩，全身戒備。被抱住不能動的小怪，無可奈何地甩著尾巴。

勾陣合抱雙臂，嘆口氣說：

「你們一個個都不想親口說這件事吧？」

她看一眼安倍家的男人們，發現他們都一副被說中的樣子，眼神飄來飄去。

昌浩愈來愈不安了。

「哪件事？」

小怪深深嘆口氣，用前腳抓抓耳朵一帶。然後，再用尾巴拍拍抱著自己的昌浩的手說：

「昌浩，你記得螢剛才說過什麼嗎？」

聽到小怪平靜的詢問，昌浩眨了眨眼睛。

螢說過不少話，所以要花些時間在記憶中搜尋。昌浩想起她跟小怪的對話、跟勾陣之間的交談、還有——

「呃……？」

扯上冥官後，勾陣的態度變得十分尖銳，螢淡淡地對她說：

——好啊，你們十二神將都跟著昌浩吧？我……

就是這句話的後半部。

「她說我跟昌浩……咦……？」

後面怎麼樣都想不起來。腦中一片空白，記憶到此為止了。

心臟跳得很奇怪，出現異常的悸動。昌浩只記得受到很大的打擊，卻不記得那句話的內容。

小怪看著真的很煩惱的昌浩，受不了地嘆了一口氣。

「啊……打擊太大，全都忘光了嗎？唉，也不能怪你啦。」

可是總不能逃避一輩子。

「聽我說，昌浩，你祖父和父親、哥哥們，全都不想面對這個問題，所以只好由我來說。」

事實上，小怪自己也不想說。可是現在它不說，這件事就會落在勾陣身上。男人們都夾著尾巴躲起來，把事情推給女人，未免太窩囊了。

昌浩神情緊張地等著小怪繼續說下去。

那種感覺就像在等待什麼刑罰的宣判。

「剛才螢說她必須跟昌浩在一起。」

小怪稍作停頓，觀察昌浩的表情。

昌浩盯著小怪，眼睛動也不動。

「你懂這句話的意思嗎？」

小怪低聲詢問，昌浩沒有立即回應。

全身瞬間僵硬的他，看得出來正以最快速度轉動大腦，努力去了解這句話的意思。

不知這樣過了多久，就在大家各自數完大約三十次的呼吸時，昌浩才眨了一下眼。

「跟我……在一起……？」

「嗯嗯嗯嗯嗯嗯。」

小怪低聲沉吟。它知道昌浩那麼問，並不是因為聽不懂，而是有某種力量在阻止他對這件事的理解。

在場所有人都能了解他的心情。他的眼神是那麼無助，期盼著在這樣的過程中，有誰會出來對他說其實這全都是一場夢。

昌浩對家人們、神將們，無言地控訴著：這是玩笑吧？是在誆我吧？

小怪真的很想告訴他：是的，這只是玩笑。

然而，希望與現實之間，有條又暗又深的壕溝，期盼與事實之間，聳立著看不見頂端的高山。

「從表面上的意思來看，就是她非跟你結婚不可。」

小怪說得很淡然，儘可能不要把氣氛搞得太嚴肅。

昌浩卻還是抱不住小怪，把它摔到了地上。

深吸一口氣後，他望著父親手上的信說：

「可以給我看看嗎？」

「可以。」

昌浩接過信，全神貫注地看著。

信上寫著八十多年前，晴明的父親益材與神祓眾當年的首領許下的承諾。

◇　◇　◇

安倍氏族原本是屬於播磨神祓眾的派流。

在決定遷都時，幾代之前的安倍氏族分支就跟著搬來了。

目的是在於封鎖。

被選為平安時代新京城的地方，是四神相應之地，條件無可挑剔。但是以用來建造皇宮的預定地來看，相當於鬼門的位置，正好是自古以來龍脈交錯、地龍盤據的禁域。沒處理好的話，會攪亂在地下流動的地神之氣。地脈一亂，就會給周遭帶來極大的災難，遷都就毫無意義了。

當時的權力者們，委託住在播磨的陰陽師中，據說擁有卓越技術與能力的神祕眾們，來鎮壓地龍、清除匯聚在龍穴的氣的沉積。

神祕眾應要求，選出派流中技術最優秀的一門，派到京城。

那就是安倍氏族的祖先。安倍氏族原本就跟這附近有淵源，接到命令要他們建房子當成鎮壓的要塞，他們就聽從命令那麼做了。

有研修陰陽道的人駐守在這個地方，龍脈自然會平順，清除所有隨著地脈流動而來的氣的沉積。

為了順利維持平安京城的千年繁榮而被調來的安倍氏族的血脈與生命，成了這塊土地的鎮壓要塞。

通常是由能力最強的人留下來繼承這個家，因為擁有一定程度的力量，足以完成要塞必須完成的任務，是必要的條件。

由力量太弱的人繼承家業，血脈裡的靈力會一代一代地減弱。太弱的人沒辦法完成鎮壓的任務，總有一天，氣的沉積會堵住龍脈，導致地龍暴動。

皇宮是國家的要塞，本身的存在就像覆蓋大地的蓋子。沒有這個蓋子，氣脈就會自然流出地面，與大氣融合、消失。可是蓋上蓋子，氣就會失去宣洩口。

安倍家所扮演的角色，可以說是失去宣洩口的氣脈的安全閥。

所以安倍家的基地面積，大到與身分不合，因為只有這麼大的面積，才能把氣流釋放到地面。

從遷都到現在已經八十多年了。

八十多年前，有個異形來到這片土地上。

是來自大陸，擁有強大妖力的天狐。

當時的安倍家主人，在基地內的小森林裡，發現負傷昏迷的天狐。

主人覺得倒在葛葉堆中的妖怪很可憐，把她抱進屋內，替她療傷。

他就是晴明的父親安倍益材，當時還是個二十五歲的年輕人。

某天，神祓眾的首領接到住在平安京城的安倍家主人的來信。

信上說他藏匿了天狐，想娶她為妻。

神祓眾的首領大驚失色，把安倍益材叫來播磨，要他把事情說清楚。

他的回答簡單扼要。

——即使她是妖怪，我也想跟她在一起。

還半威脅首領等人，說他不娶天狐之外的女人，如果他們不答應，他就終生不娶，從此斷絕自己的血脈。

老實說，益材本身並沒有什麼力量，所以他們正在暗中商量，無論如何都要讓他娶一個靈力強、血統又純正的女性。

神祓眾時而安撫他，時而恫嚇他，最後把他關進石牢，不給他東西吃，逼他撤銷婚事。

可是益材堅持不撤銷，被逼到快餓死了。

他們不能讓安倍的血脈從此斷絕。雖然益材沒什麼力量，但透過血緣的結合，一定可以生下能力強大的後代。安倍氏族原本就擁有強大的靈力，益材可以說是例外。

怎麼樣都不肯點頭的益材，就快餓死在石牢裡了。

這時候，銀白色頭髮的天狐自天而降，眼中閃爍著憤怒的光芒。

天狐奪回益材，硬是把他帶回了京城的安倍家。

神祓眾沒有人敵得過天狐。當然，因為對方是妖怪，擁有令人畏懼又渴望的強大妖力，在隔海的大陸上，甚至是相當於神的存在。

想到這裡，首領腦中閃過一個主意。

既然這樣，能不能透過安倍氏族，把天狐的力量注入神祓眾呢？成為夫妻後，總有一天會生下孩子。繼承妖怪血緣的孩子，靈力會不會遠遠超過與人類之間生下的孩子，擁有出類拔萃的特異功能呢？

不久後，神祓眾給了安倍益材一個結論。

他們允許他娶妖怪為妻，條件是繼承天狐之血的孩子，必須在神祓眾的首領家留下血脈。

安倍益材的意志十分堅強，被逼到快餓死了也不屈服，神祓眾只好讓步。

然而，不知道是幸還是不幸，這八十多年來，安倍家與神祓眾首領家都只生下兒子。

天狐之血能維持到什麼時候呢？是不是可以代代相傳，沉睡在人類的血液深處，等被喚醒時展現龐大的力量呢？

神祓眾焦慮不已。

許下承諾的益材已經過世，而天狐生下一個兒子就下落不明了。

總不能讓負責鎮守京城鬼門的安倍氏族沒有後代，所以神祕眾放棄了這代唯一的孩子，等著下一代的天狐孫子誕生。

沒想到雙方第三代的孩子，也都是男生，已經邁入老年的首領十分焦躁。

這樣下去，絕對不可能把天狐之血注入神祕眾首領家。

只能期待第四代，有一方生下女兒。

可是安倍家可能是有這樣的遺傳，生下的孩子依然都是男生。

不知道是注入了天狐之血，還是沉睡在安倍氏族血脈中的天生力量被喚醒了，生下的孩子們都具有某種程度以上的靈力，也有過人的智慧。

京城的守護沒問題。就等女兒出生了。

然後時間流逝，天狐之血注入安倍家六十年了。

十三年前，應該是這一代的最後一個孩子，在安倍家誕生了。

依然是個男孩。

悄悄監視著安倍家的神祕眾大失所望。

難道到此為止了？

大約在差不多的時間，神祕眾首領的妻子也發現自己懷孕了。

這個孩子還未足月就出生了。

在年關將近的冬季夜晚誕生的孩子，呱呱落地時，全身包覆著螢光般的磷光。

那些磷光展現了孩子具有的靈力。

這個嬰兒是神祓眾首領的直系，天生擁有強大的靈力。

被寄予最後希望的這個孩子，正是大家殷切期盼的女孩。

然後時間流逝，這個直系的女兒今年十四歲了。

神祓眾讓她帶著八十多年前的約定去了京城。

◇　◇　◇

昌浩目不轉睛地盯著漂亮的字跡，那應該是神祓眾首領寫的信。

那是在自己出生前、父親出生前、祖父出生前的信。

信上記載著曾祖父那一代的約定。曾祖父為了娶天狐，最後不得不做出這樣的退讓。

信中還附上一篇不同筆跡的文章。

昌浩緩緩轉向祖父。
鏡中的祖父面對孫子的視線，沉重地開口說：
「這是我父親……也就是你曾爺爺的筆跡。」
對昌浩來說是很遙遠、很遙遠的人的文字，清楚敘述著孩子出生後，就讓孩子出嫁或迎娶神祓眾直系家的人。
信從昌浩手中滑落。
他的思緒一片混亂。
「等等……呃……」
十三年前在安倍家誕生的孩子，就是今年虛歲十四歲的自己吧？
而那個在自己出生時，母親發現懷孕，後來不足月生下的女孩、全身包覆著螢光般的磷光呱呱落地的女孩，就是——
「……螢光……？」
所以取名叫螢。
這個女孩天生擁有在神祓眾直系中最強的靈力。
把思緒彙整到這裡，昌浩突然想到一件事。
她跟自己同年嗎？若是同年，手和手指未免都太纖細了。難道是不足月的小孩，身體都比較嬌小？

可是……

昌浩茫然俯視著自己放在膝上的雙手。

她居然擊退了被稱為夕霧的白髮男人，還一眼就看出小怪不能發聲，兩三下就幫它治好了。

自己全都做不到。

這是無以復加的打擊。

在陰陽師的力量方面，他輸給了同年紀的女孩。

他並不是因為對方是女生就小看她……應該不是。不過，與其說不是，不如說是他還沒碰過女性陰陽師，所以從來沒想過這種問題。

可是螢真的存在，而他的確輸給了螢，這是不爭的事實。

昌浩大受打擊，啞然無言。小怪戳他的膝蓋叫喚他：

「昌浩。」

夕陽色的眼睛關心地看著默默轉向它的昌浩。

「你要怎麼做？」

一時之間，昌浩聽不懂它在問什麼。

「什麼要怎麼做……？」

「至今以來沒人知道這個約定，連晴明都不知道，它卻是陰陽師的言靈，很難違背。」

神祓眾與安倍氏族，都是擁有強大力量的陰陽師，彼此都會被言靈束縛。

十二神將知道益材，但接觸不多，真的只是認識而已。

他在婚前許下這樣的約定，神將們也是剛才看到信才知道。

螢說「我必須跟他在一起」，可見這件事已經成了既定事實。這是陰陽師的言靈，不是掰出來的，所以神將們才這麼錯愕。

「小怪……什麼要怎麼做……」

「這是約定啊。」

昌浩睜大了眼睛。

「……啊?!」

激動的思緒湧上混亂、空白的大腦。

「什麼跟什麼嘛！突然告訴我這種事，我哪知道該怎麼做！在我不知情的狀態下許下承諾、又突然跑來說要跟我結婚，我……」

昌浩不知道該怎麼往下說。

父親和哥哥都轉頭看著他。

可是兩人嚴肅的表情中都帶著困惑，視線也在半空中徘徊。

昌浩的背脊一陣冰涼。跟面對妖魔和敵人時的感覺不一樣，這是在心理上被逼到了絕境。

透過水鏡求救的他，看到晴明的表情也跟父親他們一樣。

昌浩茫然地低喃著：

「……不會吧……？」

等等、等等。

我才十四歲呢，根本還沒想過這種事，再說，我還有更重要的事要做，就是成為超越爺爺的陰陽師。我還不成氣候，很多事都做不到，遇到突發事件就慌張得心志動搖，完全派不上用場，還是個半吊子。而且、而且……

剎那間，腦中閃過思念的身影。這時他才想到，已經很久沒見到她，久到可以用思念這兩個字來形容了。

結婚這種事，他從來沒想過。

身旁的人會半開玩笑、半捉弄地提起這件事，但只是說說沒當真，所以才能隨口當成話題來談。

只有不知道真相的人，會真的相信她是未來的妻子、是未婚妻，事實上不可能有這種事。

因為她是——

「……」

昌浩猛然張大了眼睛。

他想起有件事一直埋藏在心底，還鎖上了好幾道鎖。

曾經，他作好了心理準備，以為再也見不到她了，所以希望她能幸福，一直由衷地為她祈禱著。

但是出現了意料之外的機緣，於是他在機緣深處蓋上了蓋子。

他不再去想這件事。因為沒必要去想，只要她在身旁就夠了。

「我說昌浩……」小怪從昌浩的臉色看出他在想什麼，沉著地切入主題。「有件事，你跟我們都假裝沒看見，可是……」

小怪抓抓頭，臉色沉重。

「好像不能再繼續這樣下去了。」

不過，小怪從來沒想到會這樣。

它一直以為，如果有什麼變動，絕對是她那邊。實際上，左大臣也開始策劃她的將

1
4
3

來了。成親再怎麼耍花招，也很快就會被破解。藤原氏族首領的存在就是這麼龐大，擁有絕對的權力。

所以神將們都暗自思量，該怎麼做才好？怎麼樣才能讓昌浩不傷心？怎麼樣才能讓昌浩幸福？自己能夠做些什麼？

沒想到居然是昌浩這邊發生了這種事。不只小怪，所有在場的人都沒想過。

昌浩看著小怪，眼神像年幼的孩子般無助。

「小怪……？」

小怪還想繼續說什麼，被勾陣一把抓了起來。

「夠了吧？騰蛇。」

夕陽色的眼睛望向勾陣。她看著小怪的眼神，似乎在說放過昌浩吧。小怪閉上眼睛，默默點了點頭。

「昌浩。」

沉默許久的晴明終於開口了。

他的表情像隱忍著心痛，笑著對緩緩轉向他的小孫子說：

「事情來得太突然，你一定很震驚，今天就到此為止，去休息吧。」

「可是……」

昌浩執拗地盯著晴明，那雙眼睛好像就快哭出來了。

「好了，快去睡覺，這是爺爺的命令，聽話。」

「……」

昌浩沉默下來，把嘴巴抿成一條線，低下頭，握著拳頭快步走開了。

所有望著他背影的人，都深深嘆了一口氣。

小怪低聲嘟囔著：

「……倘若對方不是陰陽師……」

第一次，它打從心底，很想詛咒沒考慮將來就許下承諾的主人的父親。

◊　◊　◊

「螢小姐，妳不冷嗎？」

蹲著的螢，毫不在乎地對擔心她的天一搖搖頭說：

「不，我不冷，比起播磨，這點冷不算什麼。」

在她前面的輪子中央的鬼臉，驚訝地張大了眼睛。

《螢小姐是從播磨來的嗎？》

女孩點點頭說：

「嗯，是啊，那裡環山環海，長年吹著風。冬天的海風很冷，在那裡修禊淨身真的很辛苦呢。」

螢嘴巴說辛苦，看起來卻樂在其中。

車之輔眉開眼笑地說：

《在下的主人也會做嚴格的修行呢。我曾經在年初時，送他去深山裡的瀑布。》

大概是想起那時候的事，車之輔臉上摻雜著些許苦笑。

《他說瀑布打在身上時，其實沒那麼難受。最難受的是，從水裡走出來後吹到山風，吹得他臉色發白，身體嘎答嘎答發抖。在下真的好擔心、好擔心他會不會感冒，急得不知道該怎麼辦才好。》

「喲，冬天的瀑布修行啊？真有骨氣呢。」

螢也有過那種經驗，真的很辛苦。老實說，她覺得在海裡做修禊淨身，比瀑布修行暖和多了。

車之輔開心地回應抱膝蹲著的女孩，輕快地上下搖晃車轅，像在說自己的事般，興奮得把車簾撐開攤平。

《就是啊，在下的主人真的很溫柔又堅強。而且，是個很誠實的人，約定的事一定

會做到。》

「是這樣嗎？」

《是啊，就是這樣。不過，最近他看起來不太有精神，在下有點擔心……》

螢訝異地眨眨眼睛。車之輔的臉蒙上了陰霾。

《他應該是很寂寞吧，因為爺爺晴明和藤小姐都不在。他自己可能沒發現，可是在下是這麼覺得。》

「藤小姐？」

螢訝異地張大眼睛，車之輔的臉卻頓時亮了起來。

《嗯，是啊，藤小姐好溫柔，是主人非常、非常重要的人。看到主人跟小姐在一起時，比任何時候都開心，在下也會喜不自勝。主人真的選了一位性情非常好的女孩。》

鬼臉堆滿了笑容。

螢把手指按在嘴上沉思。

「這樣啊……」

是怎麼樣的女孩，可以讓妖怪露出這麼幸福的表情呢？

「這……該怎麼辦呢？我還以為我們彼此都是十四歲，應該不會有什麼問題呢，嗯……」

在稍微後方守護著螢的天一，看到螢真的很煩惱的樣子，不禁偏著頭，露出深思的眼神。

這時候，十二神將朱雀翩然降落。

「天貴，我到處找妳呢！」

「啊，對不起，朱雀，發生很多事……」

對著天一露出爽朗笑容的朱雀，一下子變成提防的表情。

「那女孩是誰？」

天一把視線拉回到螢身上，煩惱著該怎麼回答。

「她是從播磨來的客人，叫小野螢。」

朱雀似乎光聽這樣，就大約知道她是誰了。

「啊，以前聽吉昌說過。怎麼這麼晚才來呢？總算來了。」

「就是啊，不過……」

看天一支支吾吾的樣子，朱雀疑惑地看著她的眼睛。

「怎麼了？」

天一不想讓朱雀太吃驚、太擔心，於是儘可能注意措詞，淡淡地告訴他分開後發生的事。

「什麼……?!」
朱雀大驚失色，望向正與車之輔聊得很開心的螢，眼神彷彿要殺了她。
螢有注意到朱雀的出現，猜想是安倍晴明的十二神將，所以還是專心跟親切的妖車繼續聊天。
《在下不知道他們什麼時候才會回來，一直在等待呢，在下想主人一定也跟在下一樣。》
聽完車之輔眺望著遙遠的伊勢天空所說的話，螢露出深思的眼神。
「這樣啊……那麼，我最好還是不要帶他走……」
《啊？》
「沒什麼，我在想自己的事。嗯，沒想到會這樣呢。唉，也好。」這麼自言自語後，她垂下眼睛，無力地低聲說著：
「只要……生下孩子就行了……」
這句話隨風傳送到朱雀和天一耳裡，兩人都驚訝地睜大了眼睛。
朱雀差點衝向螢，被天一拉住了。
「等等。」天一歪著脖子，對轉向自己的朱雀說：「為什麼呢……」
「什麼為什麼？」

天一注視著螢的側面，迷惘地瞇起眼睛說：

「我總覺得她看起很難過……」

不管吉昌他們和神將們對她說什麼，她都表現得從容自若，意志堅決。

遞出信件，跟天一離開房間，與露樹交談兩三句話後走出安倍家時，她也還好奇地四處張望著可能是第一次造訪的京城風景。

趕來救陷入險境的昌浩時，也是散發出劍拔弩張的高昂鬥志。

每個時候的共通點，就是擁有像緊繃的線般的堅強意志。

然而，現在的她卻閃過與那種意志相反的懦弱。

螢看到白色的東西飄過視野一角，抬起了頭。

雪花從濃雲密佈的黑暗夜空紛紛飄落。

她雙眼迷濛地看著雪花。

# 8

在冰冷的風中，萬里無雲的晴空顯得更高遠。

每天穿侍女服，身體都因為衣服的重量變得僵硬了。風音在穿上那堆衣服前，先只穿著一件單衣，把手背到後面，拉直背脊。

「身體都快鈍了，要找個時間去哪裡活動一下才行……」

風音邊揉著肩膀邊嘀咕時，彰子從背後招呼她說：

「雲居姐，早安。」

「早，藤花小姐。」

風音回頭對著她笑，她歪著頭說：

「今天要替公主搭配怎麼樣的襲色③呢？」

「這個嘛……」

風音瞥一眼摺放在櫃子裡的衣服，手按著嘴巴說：

「椿④或枯野⑤怎麼樣？」

彰子笑著點點頭說：

「那麼，看起來今天會是個放晴的大好日子，所以選顏色鮮豔的椿吧？也可以襯托出公主白皙的皮膚和烏黑的頭髮。」

把衣服從櫃子裡拿出來時，彰子似乎想起了什麼事。

「對了，沒有雪下⑥就算了，怎麼會忘了準備冰襲⑦呢。」

在下雪的日子穿上冰襲，給人潔白、清純、高貴的感覺，別有一番風味，彰子很喜歡這個搭配。

脩子沒帶太多衣服，所以怎麼組合就看侍女們的功力了。

彰子不愧是出生高貴的人，在這方面頗有長才，很會判斷對方適合怎麼樣的裝扮。這應該要歸功於她從小磨練出來的感性吧。

風音對襲色沒什麼研究，也不太管脩子的服裝。幸虧有彰子跟著，脩子穿的衣服總是能襯托出她的優點。

「藤花、藤花，妳在哪裡？」

趴躂趴躂的腳步聲逐漸接近，彰子瞪大了眼睛。

「哎呀，還沒去叫醒她，就自己醒來了啊？」

還穿著睡衣的脩子，抱著烏鴉跑過來。嵬的眼睛斜吊著。

「內親王，可不可以靠毅力熬過這點寒冷？我不是用來讓妳取暖的。」

「你比小妖們溫暖嘛。」
脩子放開嵬，垂頭喪氣地看看彰子和風音。
「猿鬼和獨角鬼還好，龍鬼真的很冷呢。」
彰子眨了眨眼睛，脩子又接著對她說：
「它們說冷，動不動就鑽進我被子裡，所以好不容易弄暖的被子，很快就被它們弄冷了。」
即便這樣，她還是不會把冷得發抖的小妖們趕出被子，這就是她的善良。
聽完脩子的話，風音的笑容多了幾分嚴厲。
「唉，公主，這種事妳可以來告訴我或藤花小姐啊。」
彰子從風音的表情看出了什麼，慌忙補充說：
「公主，今晚我替妳準備溫石吧。抱著溫石睡會很溫暖哦，龍鬼鑽進被窩裡也一定沒關係。」
脩子笑著點點頭。
「嗯，就這樣吧。」
「那麼，我們去洗臉、換衣服吧？來，從這邊走……」
因為身材個子比較接近，所以早上大多由彰子幫脩子梳洗打扮。風音就趁這時候做

些瑣碎的事，或先幫她翻開和歌、書籍。

吃完早餐後，脩子要先學習身為內親王的功課，還有鑑賞薰香。這些工作都由彰子負責，風音很感謝她。

風音的出身不能說是上流，與大貴族的第一千金有天壤之別。幸好有彰子在，大大彌補了她做不到的地方。

就在她關上櫃子時，背後有人叫她。

「風音。」

是十二神將太陰，表情顯得十分沉重。

「怎麼了？」

「有點事跟妳說……」

看到十二神將招手叫自己過去，風音有些猶豫，因為脩子快回來了。

「恕我多言，公主，這裡有我在，妳放心去吧。」

嵬站在屏風上，挺起了胸膛。

「那就拜託你了。」

「不好意思，烏鴉，我只借用她一下。」

「妳不會誑我吧？十二神將！」

看烏鴉那麼神氣活現，太陰不由得握緊了拳頭。

「它怎麼會跩成那樣……」

風音苦笑著道歉：

「對不起。」

太陰走在前面，風音跟著她穿越內院，走向中院。

「晴明大人有什麼事嗎？」

「呃……也不能說是晴明啦……」

說話含糊不清的太陰，帶領滿肚子疑惑的風音，翻過環繞宅院的圍牆，風音緊跟在她後面。

因為是在穿上侍女服裝前被帶出來，所以她只在單衣上披了件外褂。

六合忽然冒出來。

「喲，六合。」

太陰張大了眼睛。六合沒理她，慢慢解開靈布，用來包住風音。

六合的表情很難看。

「啊……」

太陰猜到他在想什麼，搔搔耳朵附近。

風音的性格就是這樣，不在乎穿得太少。說白了，就是受不了上流社會一層又一層的穿著。

太陰覺得只穿單衣、外褂也沒什麼不好，反正不關她的事，六合卻不這麼想。

「不過，也對啦。」

把外褂穿好，再把靈布美美地纏上去，看起來就像樣多了，六合這才吁了一口氣。

到晴明房間，風音看到除了青龍外，所有神將都到齊了。探索神氣後，她發現青龍隱形躲在屋頂上，大概是不想跟她同席。

向來都是這樣，她也不在意了。她掃視所有人一圈，感覺空氣有點鬱悶。

發生了什麼事？好沉重的氛圍啊。

風音困惑地皺起眉頭。太陰指著空的地方，示意她坐下，自己輕輕降落在晴明身旁。一本正經的玄武端坐在另一邊。盤坐在他斜前方，雙臂合抱胸前的白虎，表情也一樣嚴肅。

風音照指示坐下來後，六合也在她旁邊坐下來。

屋頂上的神氣有了動靜。風音跟著移動視線，確定神氣是往內院去了。

她稍微鬆了一口氣。不管距離多近，她都儘可能不要離開內親王。內親王脩子是晴明要保護的人，青龍再討厭她，也會以主人的意思為優先。從這點，風音判斷可以相信他。

現場鴉雀無聲。

「請問，沒事的話，我可不可以……」

風音說著就要站起來，晴明趕緊舉起一隻手留住她。

「對不起，有點……難以啟齒。」

「哦。」

晴明說得斷斷續續，很不乾脆。風音的視線掃過神將們。

所有神將都散發出沉鬱的氛圍，神情有些憔悴。

為了確認，她也瞥了六合一眼。六合倒是沒什麼改變，還是老樣子。

現場又陷入沉默。

是不是該看情況再開口呢？風音正猶豫時，太陰惶恐地舉起一隻手說：

「可以請問一件事嗎？」

「什麼事？」

「妳知道播磨的陰陽師神祓眾嗎？」

「神祓眾……？」

道反大神的女兒垂下眼睛，在記憶中搜索。她把手指按在嘴上沉思，連不願想起的

當時記憶都被挖出來了。

這些知識的取得，大多不是她待在道反的時候，而是那之後在人界被撫養長大時慢慢累積起來的。

「神祓眾是播磨一帶的陰陽師的總稱吧？聽說首領的血脈擁有強大的靈力，為了不讓這股力量被稀釋，他們都是跟族裡的人結婚，或是從其他地方招來卓越的菁英，只接受可以傳宗接代的人。」

聽完這些話，晴明深深垂下了頭。

看到晴明這麼消沉，風音驚訝地欠身而起。

「晴明大人，你怎麼了？」

老人抬起臉，無力地笑笑。

「啊，沒什麼，只是有點頭暈。」

「這怎麼行呢，快去休息吧……」

「不用了，我沒事，我知道原因。」

晴明行動遲緩地把憑几拉過來，靠著憑几，喘了一口氣。那樣子看起來好憔悴，給人瞬間老了十多歲的錯覺。

風音疑惑地皺起眉頭，玄武平靜地說：

「那個神祓眾，跟晴明的父親，在很久以前決定了一樁婚事。」

沒想到會有這種事，風音瞪大了眼睛。

「晴明的父親嗎？為什麼？」

「說來話長……」

這麼開場白的玄武，簡單扼要地說明了昨天聽到的事。

他說晴明的父親為了娶天狐，以子孫做為代價。

這種說法實在有點過分，晴明半瞇起眼睛瞪視著玄武。

「玄武，再怎麼說他都是我這個主人的父親，你這樣說會不會太過分了？」

「不管過不過分都是事實啊。」

玄武那麼說，已經是盡量做過修飾了。他真正想說的是，晴明的父親出賣了他的後代，包括他兒子在內。

不只玄武，所有十二神將都一樣，他們的主人就是晴明，對於在世時遠離他們獨自住在阿倍野，幾乎沒見過幾次面的益材沒什麼印象，也沒什麼感情。

他娶了天狐才會生下晴明，對於這件事，十二神將感念在心，但因為這樣留給子孫的包袱也太沉重了。

「神祓眾與安倍氏族是有關係的。」

晴明也不是很清楚，只知道自己的祖先好像是從被稱為神祓眾的陰陽師分出來的。

安倍家的基地有不可告人的祕密，所以由繼承家業的人代代口傳下來，晴明就是在那時候聽說了神祓眾的事，但沒多大興趣，聽過就算了。

有很多事都是昨晚才知道的。晴明深切體會到，即使活過八十多歲，不知道的事還是無止無盡。

「昨晚從播磨來了一個首領直系的女孩。」

玄武板著一張臉。

「最近發生了一堆麻煩事，她又趁亂來攪局。」

這樣的解說根本毫無意義，風音還是默默聽著。

玄武的眼神愈來愈沉滯。

「這是陰陽師的約定，所以不能違背。」

玄武以及所有在場的人，想說的就是這件事。

風音雙手托著臉頰。

「沒錯，陰陽師的約定有言靈的束縛……」風音對垂頭喪氣的晴明說：「不過，晴明大人，你找我來是為了什麼？」

晴明無力地抬起頭。

「說來慚愧，我們都不太了解女性的奧祕。」

「啊？」

「我們實在搞不清楚，首領的女兒來找我們，是想怎麼樣？」

風音滿臉困惑。

「你是說……那個帶著約定來安倍家的女孩？」

「是的。」

「請問她幾歲？」

太陰回答：「十四歲。」

十四歲？風音複誦後，恍然大悟，原來是這麼回事。

白虎對有所察覺的風音沉重地說：

「神祓眾指定的對象是昌浩。」

所以才把我找來嗎？猜到原因的風音，嘆了一口氣。

陰陽師的約定不能違背。晴明等人對神祓眾的事知道得不多，更重要的是，他們不知道處於這種立場的女性會怎麼想、怎麼做。

她是神祓眾首領的女兒。據說，神祓眾非常團結。

約莫百年前，當時統領神祓眾的首領被陷害，氣憤而死，為了替首領報仇的部下們，無所不用其極，把那些謀害首領的人全都殺死用來血祭了。

「神祓眾最忌諱背叛，貿然違背約定的話，恐怕會有生命危險。」

風音這麼說時，邊想著其他事。

神祓眾會選擇昌浩，是想取得他天狐色彩濃厚的力量吧？即使繼承天狐的血緣，外表還是跟人類一樣。眼前這位老人，就是最好的證明。問題是太過強烈的力量會侵蝕人類的生命，絕對不可以解放這種妖怪的力量。

她親身體驗過那種痛苦，所以除了具有天狐血緣的人之外，唯獨她比誰都清楚那股力量有多可怕。

除此之外，她還看出晴明他們會受到這麼大的打擊，另有其他原因。

「為了確認，我想請教一件事。」風音看著所有人說：「不能選擇昌浩的哥哥們嗎？」

神將們的臉蒙上了陰霾。他們都知道，成親和昌親都是夫妻鶼鰈情深。從晴明這一代開始，安倍家的男人都是一輩子只娶一個妻子。

不過，這個時代是一夫多妻制，只是他們比較特別。除了正室外，要娶多少個側室，就看個人的意願了。

「不能那麼做。」太陰出聲說：「成親、昌親還有吉昌、吉平，全都過得很幸福。

當然，晴明也是，所以……」

太陰想接著說昌浩也是，但被風音打斷了。

「我從以前就很想問，藤花小姐以後會怎麼樣？」

意想不到的問題，把所有人都問倒了。突然冒出那個名字，害太陰把想說的話全吞回去了。

她蠕動的嘴巴像是在說「這個嘛」，但沒發出聲音。

焦躁的玄武靠近風音說：

「不用問也知道啊，當然是住在安倍家。她身上有窮奇的詛咒，沒有陰陽師陪在身旁，她的身體就會被侵蝕。」

「說得也是。那麼，藤花……藤原彰子小姐一輩子就只是待在那裡嗎？」

沒錯，就是這樣。原本要這麼回答的玄武，說不出口，沉默下來。

人類之間，存在著神將們無法理解的事。

白虎一開始就知道了，所以不想多說什麼。

風音看著晴明說：

「晴明大人，現在或許沒什麼問題。但是不管她待多久，都是藤原氏族首領的千金小姐，這個事實永遠不會改變。」

晴明垂下眼睛，點點頭。

再怎麼隱瞞她的身世，讓全世界的人都不知道她是誰，她的父親道長還有晴明、吉昌、昌浩還是知道，彰子自己也不會忘記。

「我知道……」

風音訝異地瞇起了眼睛。

「去伊勢前，左大臣對吉昌提起過這件事。」

左大臣說會找個時機，把她嫁給有前途的貴族。或是建立一間尼姑庵，讓她出家當主持。

只要有陰陽師陪在身旁，就能鎮壓詛咒。只要詛咒不爆發，彰子就能過著一般人的生活。

即使不再是左大臣家的千金，也希望她能過著衣食無缺的生活。所以左大臣想把她嫁給富裕、優秀的貴族。入宮是不可能了，只求她能幸福。

這就是道長的父母心。

現在彰子才十三歲。過幾年後，還能像現在這樣，到處對人說，她是昌浩的妻子、是未婚妻嗎？

不，不可能。現在還是小孩子，才能這麼說。只是說說，沒什麼問題。

但是在形式上，昌浩和彰子都已經是成人了。再過幾年，會變成怎麼樣呢？

不可能這樣下去，一定會在哪裡出現破綻。

這些晴明都知道。

儘管如此，昌浩和彰子還是以平常心相處，過得很開心、很幸福。正因為不期待更進一步，有著滿足的稚氣，才能維持這樣的狀態。

稚氣無人可敵。沒有猶豫、沒有邪念、一心一意又純真。有時可以輕易凌駕大人的熱情。那顆直通通的心，毫無道理可言、笨拙老實、沒有任何謀略。

這就是昌浩和彰子目前擁有的心。然而，悲哀的是，總有一天會在某處失去。

這天遲早會到來。只是出乎晴明意料之外，來得太早了。

他一直以為，有狀況時，應該是彰子的父親道長採取了什麼行動。

風音對深深嘆息的老人苦笑著說：

「原來大陰陽師安倍晴明也有失算的時候。」

晴明有些難過地瞇起眼睛說：

「我失算的事太多了。每次都會懷疑自己的選擇對不對，從來沒有過自信……這件事不要告訴昌浩他們喔。」

「是。」

風音覺得好無奈，微笑著垂下眼睛。

脩子都梳洗打扮完畢，吃完早餐了，風音還沒回來。

她端坐在矮桌前，歪著頭說：

「怎麼還沒回來呢？」

「我家公主大概還沒辦完事吧，既然這樣，」烏鴉飛到矮桌上，不可一世地宣告：「今天就由我特別親自教導妳吧。內親王，首先是磨墨，要用心磨、仔細地磨。」

在烏鴉嚴格的指導下，脩子興奮得目光炯炯有神，照指示開始磨墨。

她下定決心，今天要磨出很濃的墨，濃得像這隻烏鴉的羽毛。

「磨墨是書法的起點，基礎絕不能敷衍了事。抱著無所謂的心情，再怎麼掩飾都會顯現出來。」

「知道了。」

脩子點點頭，慢慢地、慢慢地磨起墨來。她在磨墨時，嵬真的很饒舌，滔滔不絕地說個不停。

「依我的解釋，書法就是對人的一份心。寫給喜歡的人，跟寫給不喜歡的人，即使寫同樣的內容，也會寫出不同的感覺。而收到的人，也一定看得出來。所以書法是好東西，妳懂嗎？」

「嗯。」脩子的眼睛閃閃發亮。「所以寫信給母親，會比光是看帖子練字困難很多，但也更愉快。嵬，這就是你要說的吧？」

嵬很感動的樣子，滿意地點點頭說：

「很好、很好，內親王，妳真是個率直的好女孩。那個安倍昌浩跟妳比起來可就……」

突然冒出昌浩的名字，脩子和彰子都嚇了一跳。

「你認識昌浩？」

「認識啊。他老是嫌自己的字寫得太醜，不好意思寫，每次寫信都因為這樣拖拖拉拉，害我老是回不了伊勢。」

氣得快冒火的嵬，冷哼一聲，挺起了胸膛。

「我勸他說，只要不會太難看就行了，他還是嫌東嫌西，埋怨不停，窩囊透了。反正他的字跟漂亮差太遠了，還不如看開點，勇敢面對現實。光靠那種氣勢，說不定還能寫出比較像樣的東西。」

嵬毫不客氣地數落了昌浩一頓，脩子正經八百地說：

「昌浩寫的字可能不好看，可是我想他的信一定很有感情。」

「哦，是嗎？妳也這麼想嗎？應該是、應該是。率真果然是好個性，內親王，千萬不要忘了妳的率真。」

彰子聽著他們兩人的對話，用袖子掩住嘴巴，偷偷苦笑著。

人在京城的昌浩，一定想不到公主會在伊勢提起他的事。

彰子心想下次寫信告訴他吧？想著想著就覺得很開心。

# 小怪的陰陽講座

③襲色，和服的外層與內層的顏色搭配稱為「襲色」，種類繁多，譬如春天的「櫻襲」是外層白色，裡層紅紫色，而冬天的「冰襲」是外層白色有光澤，裡層也是白色但無花樣。

④椿，襲色的一種，外層黑紅色，裡層紅色的和服搭配。

⑤枯野，襲色的一種，外層黃色，裡層淡藍色的和服搭配。

⑥雪下，襲色的一種，外層白色，裡層紅色的搭配。

⑦冰襲，襲色的一種，請見註釋③。

# 9

晴明嘆口氣說：

「不能違背與神祇眾的約定……」

可是昌浩還不到那個年紀。

說到這裡，晴明就沉默下來了。風音靜靜等了好一會，老人才抬起頭說：

「風音，女性在什麼樣的情況下，會答應跟不喜歡的人結婚呢？」

意想不到的徵詢，讓風音有點驚訝。

「這種事該問我嗎？」

「我聽六合說，妳曾經拒絕出雲比古神的求婚。」

風音嬌嗔地瞪旁邊的六合一眼，面有難色地說：

「那時我是拒絕了對方，所以不知道答應的人是什麼心情。這種事應該問藤花才對吧？」

她曾經答應入宮，嫁給她並不喜歡的人，所以問她會快一點。

「這次的狀況跟彰子當時的狀況不一樣。」

「怎麼說？」

晴明的表情變得嚴肅。

「聽說神祓眾原來的繼承人猝死，所以首領的血脈只剩下這次來京城的、名叫螢的女孩。」

「那麼……」

聽到女孩的名字，風音眨了眨眼睛。螢？好特殊的名字。

「她應該是為了神祓眾吧？只有這種可能性。」

晴明合抱雙臂說：

「天一告訴我的事，讓我有點擔心。」

從天一話中，晴明知道了螢沒讓安倍家任何人看見的完全不同的另一面。

是不是出了什麼狀況，讓她非這麼急著處理這件事不可？

要不然，他們都才十四歲，這種年紀想要子嗣未免太早了。

「會不會是急著在對方有意中人之前先拍板定案？」

「像我們這種下級貴族，很少有十多歲就定親的。」

可是事實上，不只成親，連吉昌都很早。只要身邊有喜歡的人，就很容易走上婚姻這條路，這種事在任何世界都是一樣的。

風音陷入沉思中。

「難道有什麼不得不結婚的理由？」

「神祓眾那邊嗎？」

「安倍家這邊沒有那種理由吧？」

「沒有。」

在兩人對談中，太陰悄悄站起來。

為了不妨礙他們，太陰走出了房間，玄武和白虎也跟著出去。

三人乘坐白虎的風，飛上了高空。

「怎麼了？太陰。」玄武問。

太陰無精打采地說：

「總覺得……不管在哪、發生什麼事，身分這種東西，都會緊緊纏住當事人，內親王也是一樣。」

想要在人界的貴族社會中生存下去，就要遵守這種規則。

太陰跳到白虎肩上，托著下巴說：

「之前，道反守護妖對六合囉哩囉唆，百般刁難，我就對六合說，乾脆直接把風音搶走。」

白虎和玄武都驚訝得猛眨眼睛。
「妳也太猛了。」
「聽它們說那種話，我就是氣不過嘛，六合還真能忍呢。」
玄武板著臉說：
「我也覺得只有六合才能忍。說真的，搶走也是不錯的辦法。」
太陰欠身向前說：
「對吧？反正有我們在，不管到全國哪個地方都能活下去。昌浩是陰陽師，靠特技就能賺錢了。」
白虎心想那可以說是特技嗎？
「說得沒錯。好，必要時就取得晴明的允許，嘗試強硬的手段。」
「也對，最好有晴明的允許。」
說到底，晴明還是神將們的價值基準。
默默聽到這裡，白虎才介入他們說：
「等等，再怎麼樣都太猛了。」
兩個孩子都反嗆他說：
「為什麼?!這都要怪道長自己太不乾脆了！」

「沒錯，中宮都已經入宮了，彰子小姐就……」

玄武突然沉默下來。

沒多久，嬌小的水將陷入了自我厭惡中。

被丟下不管，表示彰子已經被父親拋棄了。可是即使兩人下定決心，永遠不再見面，還是不可能完全切斷親情。

被點醒的太陰，也咬住下唇，垂下了頭。

在湛藍的冬季晴空中，白虎穩重地訓誡他們。

「做出不合情理的事，最後一定會有人受到傷害，所以晴明才那麼煩惱，不要忘了這點。」

很久沒聽白虎教訓了，太陰和玄武都默默點著頭。

「好了，回去吧。」

在回伊勢齋宮寮中院的路上，太陰想起了一件事。

「對了，玄武，水鏡只有放在晴明房間那個嗎？」

「是啊，怎麼了？」

玄武答得理所當然，太陰瞪大眼睛對他說：

「彰子小姐不能來中院，想跟昌浩說話也不能說啊。」

「啊——」

完全沒想到這一點。

玄武把嘴巴撇成ㄟ字形。

「嗯，我還以為她跟在安倍家一樣，可以自由地來來去去。」

其實並不是這樣。

玄武心想改天再找個機會，在只有風音和彰子會去的地方放個水鏡吧，這樣內親王偶爾也可以跟昌浩說說話。

脩子是遠離雙親獨自生活的小孩，所以神將們總是對她特別關心。

玄武忽然浮現一個想法。

「是不是可以採取作夢的方式，讓她跟皇上、皇后相見呢？」

他自己可能做不到，但現在有晴明在這裡。晴明也很關心脩子，只要不會消耗太多體力，他應該很樂意幫忙。

決定了，找個機會跟晴明談談吧。

玄武似乎對自己這樣的想法很滿意，自顧自點著頭。

◇　◇　◇

京城的天空一直有些陰沉。

出門時，昌浩抬頭看天空，明明是陰天，他卻覺得有道光像箭一般刺中他的眼睛。

很久沒陪他去陰陽寮的小怪，看到他腳步踉蹌，詫異地甩了甩尾巴。

「喂，你昨天有沒有睡覺？總不會一晚都沒闔過眼吧？」

憔悴得兩頰消瘦的昌浩，兩眼發直瞪著小怪，用低啞的聲音說：

「沒錯，就是那樣，對不起啦。」

小怪用右前腳蒙住了臉。昌浩每次看到它這個動作，都不禁要想，小怪的關節跟一般動物真的不一樣呢。把它當成怪物來看就沒什麼問題，可是，有時看到狗啦、豬啦、鹿啦，跟它做比較，就會覺得它應該不是動物的骨骼。

昌浩半瞇起眼睛俯視著小怪。

小怪跳到他肩上，用尾巴拍拍他的背。

「還有些時間，你好好考慮吧。」

昌浩微低著頭說：

「小怪……」

「嗯？」

昌浩看著地面低聲說：

「你是要我跟螢結婚嗎？」

聽他的語氣，並不想得到什麼答案。

他猛然抓住肩上的小怪，對著沒有人的地方說：

「勾陣，妳在那裡吧？把這東西帶走。」

把小怪狠狠拋出去後，昌浩就緊閉著嘴巴，全速往前衝了出去。

勾陣現身接住了被拋出去的小怪。

「他的理解力不錯呢。」

表示佩服的勾陣，抓住小怪的脖子，把它拎到視線高度，雙眼閃爍著厲光。

「笨蛋，昌浩的心情已經夠亂了，你還催他。」

小怪半瞇著眼睛反駁說：

「我又沒叫他跟螢結婚。」

「可是你叫他考慮啊。對昌浩來說，『注入他的血液』這件事，就等同於結婚。」

「哦。」

小怪啞然無言，瞪大了眼睛。勾陣嘆口氣說：

「騰蛇，我還以為你比誰都了解，他比我們想像中更孩子氣。」

用前腳抓著花般圖騰一帶的小怪，勉強承認了自己的錯誤。

「真糟糕，我的思緒好像也亂了。」

「就是啊。」

然而，這麼說的勾陣，心情也不見得平靜，因為連她都忘了要追上全速往皇宮奔馳的昌浩。

兩人同時想到這件事，難得慌慌張張地拔腿往前跑。

安倍成親緩緩張開了眼睛。

朦朧不清的視野逐漸恢復清晰的輪廓。

身旁有父親、弟弟，還有個陌生的女孩。成親疑惑地皺起眉頭。

「她……是誰？」

發出來的低喃，嘶啞得不像自己的聲音。

成親閉起眼睛，專注地探索記憶。

——快點回家。

忠基這麼對他說，所以他加快腳步走在回家的路上。這時候飄起雪花，枯木般的手從地底伸出來，抓住了他的影子。

忽然有個沉甸甸的東西在喉嚨深處扭動起來，他瞬間沒辦法呼吸，把身體往後仰，發出吁吁喘息聲，拚命吸取氧氣。

「哥哥！」

螢攔住臉色發白的昌親，把手放在成親的脖子上。

她秀麗的臉蒙上陰霾。

「糟糕……沒辦法完全抑制。」她咂咂舌，抬頭看著吉昌說：「看這情形，已經不只附身，而是融合了。」

「妳是說？」

「恐怕只有操縱這隻疫鬼的術士可以解除法術，對不起，我力有未逮。」

吉昌慌忙對垂頭喪氣的螢說：

「不，很感謝妳的協助，謝謝妳。」

表情嚴肅的螢，抬起頭，看著成親說：

「我會盡我所能去做。也許沒辦法驅除，但可以讓它暫時沉睡。」

她砰地擊掌，雙手合十，閉上了眼睛。

「謹請神明——」

吉昌和昌親都吞了口唾沫，成親察覺他們的動靜，微微張開了眼睛。
陌生的女孩正唸著咒文，似乎也看得見鑽進他體內那隻噁心的妖怪。
螢用雙手圍出三角形，對準成親的喉嚨。再把手反轉，做成倒三角形。成親認得這兩個三角形組合而成的圖形。
忽然，正在施行法術的女孩身上穿的水干，還有綁在腰間的帶子的前端，映入他的眼簾。
是竹籠眼。
那種星型圖案，比祖父經常使用又稱為桔梗印的五芒星多一個角。跟五芒星一樣，具有驅邪除魔的功能。據說跨海的遙遠地方，也有很多術士使用這兩種星型圖案。
在喉嚨裡暴亂蠕動的團塊，慢慢平靜下來，呼吸也稍微舒暢了。
螢放下手，呼地喘了口氣。
她張開眼睛，觀察成親的狀況。隱形的神將們吞下唾沫，直盯著她。
沒多久，成親吐出一口氣，把肺裡的空氣全吐光了，感覺好久沒這樣順暢地呼吸了。
他自己看不見，他的臉頰都凹下去了，瘦得只剩下皮包骨。平常被稱為精悍有神的

容貌，已經不見蹤影。

凹陷的眼睛與缺乏活力的肌膚成反比，綻放著異常強烈的光芒。

他瞪著陌生女孩，神情恍惚地說：

「妳是……陰陽師？」

螢默然點頭。成親注視著她秀麗的臉龐，像痞子般涎皮賴臉地說：

「還長得真漂亮呢……不過，輸給我老婆就是了。」

意想不到的話，讓螢瞪大了眼睛。

這時候昌親才哭喪著臉說：

「哥哥……你應該沒事了吧……」

成親看著說完就低下頭的弟弟，安撫他說：

「傻瓜，在你女兒或我兒子定親之前，我怎麼可能發生什麼事。」

「嗚……」

昌親太過激動，只能拚命點頭。

沒錯，哥哥就是這樣的人，絕對不會出什麼事。

昌親終於可以打從心底相信哥哥了。

聽著兒子們對話的吉昌，鬆口氣，放鬆了緊綳的肩膀。

螢默默看著安倍家人互動的光景。

沒有感動、沒有感傷的清澄眼眸，浮現與眼中光彩不搭調的無情神色。

隱形的神將們覺得她那樣子很詭異。

◇　◇　◇

一個穿黑色水干的男人，悄悄溜進了官吏們陸續進入的皇宮內。

白髮紅眼的外貌很奇特，應該很醒目才對，卻沒人阻攔他。

男人從守衛旁邊大剌剌地走過去。拿著長戟站在門口的守衛，沒發現男人進去了。

沒多久，守衛衝到牛有點浮躁的牛車前說：

「在這裡停下來。」

牽牛的牧童拉住牛，讓牛車上的公子下來。

是不久前曾叫住昌浩的藤原公任。

他臉色蒼白，東張西望，神色慌張地鑽過了大門。

進宮的藤原伊周，很快就被帶到清涼殿的主殿。

皇上見到伊周，像吃了定心丸般鬆口氣，命令所有人退下。

兩人促膝而坐，壓低嗓門交談。

「播磨的陰陽師怎麼說？」

這麼問的皇上，希望是自己想太多了。他所愛的定子臥病在床，一直沒有好轉的跡象。太過悲傷、難過的他，好想在哪裡找個什麼對象，用來宣洩他的煩躁和憤怒。

不可能有詛咒這種事。皇宮有陰陽寮的守護，還有神祇官。京城裡寺院林立，有鞍馬、比叡等名剎環繞。北方還有貴船神社。

這個國家；這個皇上所愛的國家；這個人民所愛的國家，有這麼多的神佛保佑。

定子篤信宗教，落髮前就很熱中祭神儀式。

而且，皇上與定子之間的孩子內親王脩子，現在悄悄下榻的齋宮寮，就在供奉國家總神的伊勢神宮附近。她也是奉神詔而去的。

所以不管怎麼樣，定子都有神的守護，不可能有詛咒這種事。

皇上這麼期盼著，伊周卻用僵硬的聲音對他說：

「恕臣斗膽稟報……」

伊周屏住了氣息。不知道為什麼，皇上有種被澆了冷水的感覺。

看著地板，避開皇上視線的伊周，冷靜地上奏。

「他們說……真的被詛咒了……」

扇子從皇上手中滑落，發出聲響，掉在地上。

在只有他們兩人獨處的主殿，聲音聽起來特別響亮。

皇上注視著伊周。

「是……是真的嗎？伊周。」

皇后定子的親哥哥，愁眉苦臉地點著頭。

「是真的……的確有人對皇后、對我妹妹……下了詛咒……」

再也說不下去的伊周，沉默下來。他的肩膀強烈顫動著，彷彿在壓抑著情緒般，雙手緊緊握起拳頭。

皇上失魂落魄地移動視線。

太陽被雲層遮蔽，沒有陽光的主殿感覺格外昏暗。

寬敞的主殿，陷入沉默。

伊周垂著頭。

板窗已經拉起，從雲間灑落的微弱陽光，照射在放下的竹簾前。皇上茫然地望著那些微光。

「詛咒……」皇上喃喃自語。

那麼，定子會怎麼樣？肚子裡的孩子會怎麼樣？

太過震撼，讓他無法思考。

大腦一片空白的皇上，心中只有一個疑問。

是誰下的詛咒？

不是安倍晴明。他相信晴明。從他出生、被立為東宮太子，直到先帝讓位、由他即位，安倍晴明都守護著他。每每發生什麼事，他都會求助於晴明，而晴明也都會聽從他的要求，從來沒讓他失望過。

即便年紀已經老得驚人，還是沒有任何陰陽師可以出其左右。

那麼，是有人趁他不在時下詛咒嗎？如果晴明在京城，有人詛咒定子，一定會被他阻擋下來。

皇上焦躁地四下張望。

是誰？是誰在詛咒定子？

啊，現在最重要的是……

「對了。」皇上抓住伊周的肩膀，急沖沖地說：「快阻止詛咒，快叫陰陽師施法，把詛咒反彈回去！」

伊周輕輕撥開皇上的手回應：

「是，我已經找人施法，把詛咒反彈回去了，但是……」

稍作停頓後，伊周咬咬嘴唇，又接著說：

「術士的功力高強，超乎想像，不知道能不能完全反彈回去……」

「怎麼可能！」

「播磨的人說，下詛咒的陰陽師，今天一定會犯下什麼罪行。」

皇上臉色大變。

「什麼?!」

這是在播磨陰陽師神祕眾所做的占卜中出現的預言。

除了使用法術把詛咒反彈回術士身上外，只能等術士死亡，法術消失，那股意念就會還原。

「皇上，那人是個陰陽師。」伊周叩頭跪拜說：「如占卜顯示，今天犯下罪行的人，就是詛咒皇后的叛逆者。請下令，無論如何都要抓到那個陰陽師……」

然而，皇上猶豫了。

陰陽寮裡的人全都是陰陽師。他們向來盡忠職守，真的會背叛自己和皇后嗎？

伊周看著猶豫的皇上，決定豁出去了。

「皇上。」

他的聲音聽起來跟剛才很不一樣，皇上訝異地轉向他。

伊周在皇上面前叩頭跪拜，顫抖著聲音說：

「老實說……在神祇眾的占卜中，還出現了其他卦象。可是，我實在不敢稟報皇上，所以原本打算藏在心中。」

伊周抬起頭，臉上滿是苦澀的表情。

「請聽我說，有人正在籌劃可怕的陰謀。不但要暗算皇上，還要做出種種大逆不道的事……！」

皇上完全被他那股氣勢震住了。

伊周瞪視著皇上，面目猙獰，緊握著拳頭。

他的雙眼閃爍著淒厲的光芒。

# 10

到達陰陽寮的昌浩，完全不理追上來的小怪和勾陣。

他一如往常，先把上面交代的任務做完，又主動找出自己該做的事，東奔西跑忙個不停。

小怪和勾陣還是儘可能待在他附近，可是昌浩像刺蝟般豎起了全身的刺，瞪著他們，叫他們不要過來。

在昌浩身邊走來走去的小怪，也被他凌厲的眼神瞪得受不了，無精打采地垂著頭。

申時的鐘聲就快響了。

勾陣和小怪沒地方可去，只好待在從陰陽部署來看是死角的渡殿。

倚靠高欄，合抱雙臂的勾陣，難得露出無奈的表情嘆著氣。

「怎麼辦？騰蛇。」

小怪坐在高欄上，沉著臉說：

「我哪知道怎麼辦。」

只能等狂風暴雨過去。可是什麼時候才會過去呢？

螢會在安倍家住一段時間。她是下定了決心，要達成目的才回播磨，但所有關鍵在於昌浩決定怎麼做。

小怪沉吟幾聲，甩了甩尾巴。

「或許該慶幸……彰子待在伊勢。」

勾陣卻不這麼認為，反駁它說：

「不，彰子在的話，事情說不定會單純一些。」

「怎麼樣單純？」

「螢看到他們住在一起，說不定會放棄。」

「我看不會吧？」小怪瞇起眼睛，斬釘截鐵地說：「神祓眾是想取得天狐的血。這麼說也許很難聽，但我真的認為他們要的並不是昌浩。」

勾陣沉下了臉。真是這樣，簡直欺人太甚，但是大有可能。

她秀麗的臉浮現厲色，小怪又繼續發牢騷：

「說白了，昌浩是不是已經結婚、是不是有未婚妻，對神祓眾來說根本不是問題。我說得沒錯吧？他們的目的只是要生下有天狐之血的孩子。」

「騰蛇……」勾陣舉起一隻手掩住臉。「拜託你，不要再說了，我覺得頭暈。」

「什麼嘛，是妳叫我說的啊。」

「不要怪到我身上。你自己想像沒關係，明知道說出來會讓人不舒服還說出來，就叫故意找碴了。」
勾陣與小怪的火爆視線相撞擊。
兩人互瞪一會後，同時發出深深的嘆息聲。
互相宣洩煩躁的心情，沒有任何好處，只會產生負面的意念。
這種時候，同袍反目成仇又能怎麼樣？應該極力避免沒有建設性的行為。
小怪咬牙切齒地說：
「歸根究柢，神祓眾就是元兇。」
怒火油然而生。
所有罪惡的根源，就是神祓眾和已經歸西的晴明的父親。
小怪兩眼發直。
靈光乍現。
「喂，勾，螢是那個冥官的子孫，她是不是說過那傢伙動不動就愛去找她？」
勾陣的雙眸亮了起來。
「沒錯。」
螢並沒有說動不動就愛來找她，那些小地方都是小怪為了對自己有利，添油加醋做了變更。

「那傢伙是冥界之門的裁定者，也是邊境河川的看守者。所以，不管是死多久的人，只要還沒進入輪迴轉世的行列，還待在那個世界，就應該可以帶出來，妳認為呢？」

勾陣露出滿臉讚嘆的表情。

「騰蛇，虧你想得到這種事。」

小怪又說得口沫橫飛：

「不把這件事的元兇從冥界拖回來，讓他說聲抱歉，這口氣實在難以下嚥。總之，那傢伙再出來時，我就把金箍摘下來，先打趴那傢伙。反正那傢伙已經死了，我使出全力攻擊他也沒關係。」

「還是小心點，請天空佈下結界吧！要是波及周遭的人，會被晴明責備。」

「那當然。原則上，有晴明的家人在，就要死守京城。在這樣的原則下，逼那傢伙把益材的靈魂從冥界帶出來。」

這時候如果他們十二神將的主人安倍晴明在場，會啞然無言？還是茫然失措，假裝沒聽見？或者一笑置之？

不知道是幸還是不幸，沒人聽見他們兩人的驚悚對話，所以沒有答案。

這樣暢所欲言好一會的小怪與勾陣，覺得心情好多了，才返回陰陽部。

總不能離開昌浩太久。如果昌浩還是警告它不准靠近，那麼它再不願意，也只能恢復原貌隱形，儘可能待在靠近昌浩的地方。

昌浩寫完文件，正抱著成堆的紙移動。

可能是要拿去書庫收起來吧。小怪和勾陣心想他應該會再回來，就待在原地等他。

小怪忍不住嘀咕起來。

「我好不容易可以出聲了，他卻……」

「那都要感謝螢吧？」

勾陣臉上滿是複雜的表情。

「嗯，是啊……」

這點不能不承認。

螢是神祓眾首領的直系，是個擁有強大力量的陰陽師，起碼強過安倍晴明的接班人昌浩。

昌浩在書庫前被人叫住。

「昌浩大人……」

完全沒察覺有人在的昌浩，嚇了一大跳。

「哇?!」

扭頭一看，是前幾天也在這裡叫過他的公子，名叫藤原公任。

看起來比上次憔悴的公子，臉色十分蒼白。

「有什麼事嗎？公任大人。」

公任猶豫再三後，終於下定決心開口了。

「老實說，我有事找你商量。」

這時候敏次從書庫走出來。

「喲，昌浩大人……呃，還有公任大人，你難得會來陰陽寮呢。」

從三位的達官顯要公任，是位歌人，也是位歌學者，很難得會在這種地方見到他。

「你是行成大人的……」

「是的，我跟行成大人認識很久了，我叫藤原敏次。」

自我介紹後，敏次似乎察覺什麼，行個禮就爽快地離開了。

昌浩對敏次佩服不已。這位達官顯要跟敏次幾乎沒有關聯，敏次卻可以在見到他的當下，立刻叫出他的名字。

自己得學學敏次的圓滑才行，這是昌浩的深切體會。敏次勤懇的努力毫不顯眼，卻有紮實的成果。

想到這裡，昌浩猛然想起另一件事。

從昨晚開始，他就莫名地煩躁。他知道小怪他們會諒解，就把氣全都發洩在他們身上了。

螢帶來的訊息，確實也是讓他煩躁的原因之一。突然被迫面對很久以前的約定，又被說「反正逃避不了，就好好考慮吧」，任誰都會生氣吧？

但是最讓昌浩煩躁的，還是看到螢身為陰陽師的好功夫。

他好不甘心。

螢跟他同年，又是個女孩，卻在他面前做出了他做不到的事。而且，看起來完全不費吹灰之力。

昌浩很想替發不出聲音的小怪做些什麼，翻遍了種種書籍，尋找法術。

每次找到可能有用的法術，就會把小怪叫來嘗試，可是每次都失敗，還反過來被小怪安慰。

昌浩想親手治好小怪。小怪發不出聲音，是被他害的，所以他希望可以靠自己的努力讓小怪復原。

他的煩躁不能怪任何人。小怪和勾陣被當成出氣筒，一定也很不舒服。

等一下要好好向他們道歉。

對自己的態度和狹小氣量深自反省的昌浩，現在才注意到公任的嘴唇不斷蠕動，好像有什麼話要說。

「對不起，你要找我商量什麼事呢……？」

剛才敏次走出來，打斷了他們的談話，所以這次公任先打開書庫的門，確認裡面沒人，才招手叫昌浩過來。

昌浩心想可能是不想讓人聽見的事，就跟在他後面進了書庫。

◇　◇　◇

夕陽斜照。

螢爬下戾橋橋墩，蹲在剛起床的妖車前面。

半睡半醒，猛眨著惺忪睡眼的妖車，看到螢，笑得好開心。

《是螢小姐啊，早安。》

「啊，是早安呢。」

女孩眉開眼笑，車之輔舉起車轅說：

《在下一直以來都是這麼說的呢，說習慣了……現在仔細想想，通常是一大早才說早安吧？》

螢把手肘抵在膝上，托著下巴說：

「嗯，應該是吧。可是，對妖怪來說，晚上才是活動時間，所以現在也算是一大早吧？」

車之輔皺起眉頭思索。

《應該……算是吧。》

「那就是早安啦。」

《對。》

妖車開心回應，螢摸摸它的車輪，落寞地笑著。

「你是昌浩的式吧？可是，聽說昌浩聽不懂你說的話？」

車之輔黯然地垂下視線。

《是啊……不過，主人很努力在聽了。何況有式神在，並不會有無法溝通的煩惱。》

車之輔像自我鼓舞般，啪沙搖晃著前後的布簾。

螢把額頭靠在車之輔的車輪上。

《螢小姐……？》

把額頭靠在車輪上，藏起臉來的螢，用含笑的聲音對擔心的車之輔說：

「我也有個式……我很珍惜它，我想一輩子都跟它在一起，可是……」

螢沉默下來。

車之輔不知道該怎麼辦，驚慌失措，以為她哭了。

沒想到出乎意料之外，抬起頭的螢，眼睛是乾的。

「它不在了，所以我決定不要再有式了。」

螢輕輕撫摸著妖車的輪子，顫抖的眼神仰望著天空。

雪花從橙色的天空飄落下來。

《已經冬天了呢……》

多愁善感的車之輔，雙眼追逐著雪花，視線飄來飄去。

螢伸手接住雪花，落在她手掌上的白色碎屑，瞬間就消失了。

像急著凋謝；像急著死去。

螢緩緩握起手掌，垂下了頭。

忽然，她用手按住了嘴巴。

「……唔、嘔……」

車之輔瞠目而視。

《──……！》

螢剛才用來接住雪花的手，從指間滴下了紅花般的液體。

彎著腰，按著肚子的螢，喀喀地低聲咳嗽。

這樣喘了一會後才停下來，大大地吐出一口氣。

臉色蒼白的螢，轉向全身僵硬的車之輔。

她把沾著紅色血跡的食指按在嘴巴上。

「不可以告訴別人喔。」她頑皮地笑著說：「不守信用，我就收服你。」

《……》

車之輔的眼睛交織著種種情感，直挺挺地上下搖晃著車轅。

「嗯，很好，乖孩子。」

她用沒弄髒的手撫摸輪子後，在河裡把弄髒的手洗乾淨。

河水啪吵啪吵濺起水沫，沖掉了她白皙手掌上的紅花。

她揮動沖乾淨的手，把水甩乾時，身體忽然變得僵硬。

察覺異狀的車之輔，震動著車簾。

螢張大了眼睛。
「夕霧……？」
她低聲嘟囔，像旋風般衝了出去。

◊　◊　◊

去其他寮辦完事回到陰陽寮的敏次，發現直丁的位子還空著。
「咦……？」
剛才兩人在裡面的書庫前相遇後，敏次已經去過好幾個寮回來了。
大約花了兩刻鐘的時間。
「不……」
應該將近一個時辰了。他們遇見沒多久後，就響起了申時的鐘聲，所以他不會搞錯。
隸屬於隔壁部署的天文生，邊東張西望邊問他：
「敏次大人，你知道昌浩大人在哪裡嗎？」
「不知道，我也正在想他跑哪去了。」

「我想問他博士什麼時候會來陰陽寮，他是在哪做什麼呢……」

敏次轉身說：

「我大概知道他在哪裡，我去找找看。」

他行個禮，半跑步地趕往書庫。

站在渡殿的小怪和勾陣都看見了他。

「喲，是藤原敏次呢。」

勾陣喃喃說著，把視線投向小怪。出乎意料之外，小怪只看了敏次一眼，並沒有多大的反應。

勾陣眨了眨眼睛。

「怎麼了？真難得呢。」

小怪甩甩尾巴，悶悶不樂地說：

「我只是覺得，單方面對他抱持敵意不太好。」

看來是被昌浩罵過幾次，學乖了。勾陣差點笑出來，一把抱起了它。

他們看昌浩一直沒回來，決定去找他。

快到酉時了。

夕陽西沉，斜斜照射過來。

午後吹起了風，所以從大早就濃雲密佈的天空，露出了美麗的夕陽。

被染成橙色的世界，有那種世界的美。但勾陣還是比較喜歡，被昌浩拿來比擬小怪眼睛的鮮紅夕陽。

令人驚豔的紅很少見，所以見到時會有幸運的感覺。

年幼的昌浩曾坐在晴明膝上，天真地問天空為什麼會變成紅色？晴明給了他非常溫馨的答案。那也是勾陣喜歡鮮紅夕陽的理由之一。

敏次敲書庫的門。

「昌浩大人，你在嗎？有天文生在找你……」

裡面沒有回應。敏次以為自己猜錯，沮喪地垂下肩膀。正要轉身去其他地方找時，書庫裡響起嘎咚的笨重聲音。

敏次停下腳步。

「昌浩大人……？」

來到這裡的小怪和勾陣，發現附近的氣氛不對，倒抽了一口氣。

「這是……」

勾陣立刻環視周遭，小怪從她手上跳下來，衝過敏次身旁。

「是疫鬼！」

敏次伸出手，把門推開。

鐵腥味衝鼻。

房間被西斜的陽光染成橙色。

視野角落有灘黑色積水。

他呆呆看著按著肚子躺在地上的男人。看起來像積水的那灘黑水，是從男人指間溢出來的血。

他的手無意識地動了一下，滾落出堅硬的東西。

他把視線轉向咕咚聲響的地方，看到刀尖被染成紅黑色的陌生短刀。

他的心跳加速。

手、手指都溼溼黏黏的。

袖口、衣服的胸口附近，沾著黑色污漬。

像是被噴出來的血濺到的。

滾落地上的短刀的刀柄上，有手指形狀的髒污痕跡。

心臟又怦怦狂跳起來。

就在他茫然瞪大眼睛時，聽到叫喚聲，緊閉的門被推開了。

「昌浩大人……？」

現在是夕陽西斜，視線不太清楚的時刻。

打開門的敏次，舉起手遮擋照進屋內的刺眼陽光。

書庫裡有兩個人，都在很低的位置。

一個靠牆而坐，一個倒在地上。

敏次茫然看著他們。

「唔……」

躺在地上的公子，發出微弱的呻吟聲。他按在肚子上的手溼了一大片，從那裡蔓延開來的鐵腥味的積水逐漸擴大。

一時之間，敏次沒看出那是什麼。

「……」

公子虛弱地抓著地板。這個痛苦地蜷縮起來，奄奄一息的公子，就是剛才跟他說過話的藤原公任。

一般人看不見的白色身影，從屏住氣息的敏次腳邊跑過去。

「昌浩！」

靠牆而坐的昌浩，呆呆看著眼前的慘狀。
公任倒在地上。血灘逐漸擴大。
他全身僵硬，只移動了視線。
垂落下來的手的前方，有把弄髒的短刀，刀柄上有手指握過的形狀的血跡。
昌浩用力吸了一口氣。
衝過來的小怪大驚失色。
「昌浩，你有沒有受傷？有沒有哪裡痛？」
被一連串逼問的昌浩，勉強搖了搖頭。
什麼也沒說是因為驚嚇過度，喉嚨縮起來，沒辦法出聲。
呆呆站在門口的敏次，張大眼睛，發出尖叫聲。
「公……公任大人！」
他東倒西歪地衝進來，抱起公任。
公任還有氣息，但出血非常嚴重。
敏次環顧四周，抓起附近的白布，撕成長條狀。
用來壓住傷口的白布，漸漸染成紅色。
敏次大叫：

「快、快來人啊！有人受傷了，快啊……」

寮的官員聽到脫離常軌的呼叫聲，三三五五地聚過來。他們往裡面瞧到底發生什麼事，看到後驚慌不已，很快就陷入了大混亂。

昌浩呆呆注視著這一切。

「昌浩，發生了什麼事？」

面對小怪的質問，昌浩只是搖頭。

「……」

「昌浩，快回答我！到底發生了什麼事？」

昌浩硬擠出聲音說：

「不……不知道……」

小怪瞠目結舌，嘎嗒嘎嗒發抖的昌浩又重複說了一次。

「我不知道……我張開眼睛時，公任大人就……」

驚慌失措的昌浩，臉色蒼白，嘴唇變成紫色。

小怪仔細觀察書庫內。

書架後面忽然閃過一個影子。

小怪定睛注視，影子裡有枯木般的手蠢蠢蠕動，一溜煙鑽進了地底下。

衝到那裡的小怪伸出手，沒來得及抓住它。

氣得小怪咬牙切齒。

「疫鬼……術士……！」

怒氣沖天地低嚷時，嘈雜聲像浪潮般席捲而來，無數的人粗暴地衝了進來。

# 11

◇　◇　◇

把人都遣走的皇上，接到通報說陰陽寮發生了嚴重的兇殺案。

皇上眼中佈滿血絲，激動地下了命令。

「抓到犯人，格殺勿論！」

◇　◇　◇

別當⑧率領檢非違使們，推開官吏們擠進了書庫。

公任被官吏們合力抬走了。裡面只剩下一灘血、可能是用來行兇的短刀、以及唯一在現場的陰陽寮直丁。

別當瞪視著大腦一片混亂、陷入恐慌狀態的昌浩。

「聖旨有令。」

昌浩驚愕地看著別當。身材壯碩、正值壯年別當，用所有人都聽得見的聲音加強語氣說：

「在陰陽寮行兇的陰陽師，就是詛咒皇后的大罪人。」

所有人都倒抽了一口氣。所謂的詛咒，到底是怎麼回事？

小怪擋在思緒凍結的昌浩前面大叫：

「胡說八道！昌浩怎麼可能詛咒皇后！」

但是沒人聽得見小怪的聲音。

氣過頭的小怪，冒出了神氣。

勾陣趕緊衝過來，把小怪拉走。

「放開我，勾！」

「你冷靜點！他們都是人類，你想觸犯天條嗎?!」

衝動的小怪霎時恢復了理智。

勾陣和小怪思索著，該怎麼樣把昌浩從人類手中救出來。

但是別當率領的檢非違使們，嚴格把守門口，還包圍了渡殿、外廊。

要在不傷害人類的狀態下把昌浩救走，簡直是不可能的任務。

所有人都聽見別當的宣告。

「聖旨有令，抓到犯人，格殺勿論，把他帶走！」

被怒吼命令的檢非違使們圍住昌浩，硬是把他拉起來拖走。

「昌浩！」

小怪要衝出去，被勾陣拚命拉住。

「我們要趁人牆有破綻時再動手，現在還不是時候。」

勾陣也膽戰心驚。

聖旨有令，抓到犯人，格殺勿論。檢非違使們是打算，直接把昌浩帶到京城郊外的鳥邊野斬首。

皇上為什麼會下這樣的聖旨？

所謂詛咒是怎麼回事？

在他們不知情的狀態下，有什麼事發生了，正在進行中。

成親被襲擊、吉平被下毒，現在又輪到昌浩。

勾陣甩甩頭，想甩掉焦躁時，不經意看到檢非違使手上沾滿血的兇器。

刀柄上有殘留的指痕、雕刻的圖案。

「是竹籠眼……！」

這時候，小怪從勾陣手中掙脫，衝了出去。

被檢非違使拖著走的昌浩，小小的身軀被粗暴地戳來戳去，使勁地掙扎著。

他想大叫不是他，聲音卻不受控制，發不出來。

周遭所有人都用懷疑的眼光看著他，忙著在他身上烙下兇手、罪人的印記。

不是我、不是我、不是我啊，是其他人刺殺了公任！

昌浩想這麼大叫，喉嚨卻因為過度的驚嚇和打擊而緊緊縮了起來，只能發出嘶啞的喘息聲。

這時候，他感覺到一股視線。

他轉動脖子追逐那股視線。

有個穿著水干的女孩站在圍牆上。

直直看著昌浩的眼睛，像黑暗中點燃的光亮。

就像他在夢中見到的螢火蟲。

螢把刀印舉向高空大叫：

「謹請神明！」

烏雲像滾雪球般，淹沒了萬里無雲的晴空。

「天滿大自在威德天神，急急如律令——！」

天空像被撕裂般，發出轟隆巨響。燒毀視野的白刃，擊中皇宮的一角。
衝擊力道把檢非違使們彈飛出去，碎屑四散，沙土漫天飛揚。
雷光瞬間化為火焰，掃過四周的樹木，延燒開來。
昌浩茫然佇立。
「昌浩！」
衝過去的小怪，撲向昌浩，勾陣把他們擁入懷裡。
又響起轟隆雷聲，在雷聲與雷聲間，昌浩清楚聽見螢的叫喚聲。
「昌浩！」
他搜尋的視線，與螢的視線交會。
螢向昌浩招著手。
「來！」
他屏住了氣息。
雷聲大作，閃電疾馳而下。
小怪和勾陣拔腿就跑。
「昌浩，快走！」
「現在只能逃了！」

周圍都是倒地不起的官員們、被雷電擊中而痛苦呻吟的檢非違使們，還有全身都是飛散的碎屑，搞得灰頭土臉的陰陽寮同袍們。

蹲在地上的敏次也在那些人之中。

敏次看著昌浩，動了動嘴巴。

——快逃。

昌浩的肩膀顫抖起來。

所有人都懷疑他，唯獨敏次例外。

昌浩邁開了腳步。

雷電疾馳而下。

剎那間，那句話閃過腦海。

——明年一定要去看螢火蟲……

他抽搐般倒吸一口氣。

「唔……！」

現在被抓到的話，就再也見不到面了。

昌浩和神將們緊盯著螢的背影，全力奔馳。

她的身影就像螢火蟲的光芒，照亮了昌浩他們看不見的前方道路。

### 小怪的陰陽講座

⑧別當，檢非違使廳的長官。

# 後記

兩個月不見了，大家還好嗎？我是結城光流。

從七月的短篇集開始、七月底的《大陰陽師　安倍晴明——我將顛覆天命》、八月十五日的翼文庫版《鏡子的牢籠》，還有少年陰陽師新篇章第一集、ASAGI老師的畫集《あさぎ櫻畫集　少年陰陽師》，二〇一〇年的夏天真是怒濤般的出版尖峰期啊。

從來沒有過這樣的夏天，被稿子追著跑、校稿、寫後記……忙得團團轉。好奇怪，我明明記得某年夏天，我曾經發過誓，要把夏天的行程排得很鬆。

離上一集不是很久，所以這次就不做例行的人物排名了。看過這一集後，下次的排名會產生什麼樣的變化呢？我很期待看到結果。

七月我舉辦了睽違已久的簽名會。與讀者直接面對面，就會重新燃起不努力不行的壯志。我平常也很努力，但是有沒有與讀者直接見面還是有差。從住在會場附近的讀者，到住在九州的讀者全都來了，真的很謝謝你們。

而且不只國內，這次在台灣也舉辦了簽名會。

這是我第一次去台灣。最近變得很怕熱的我，全副武裝前往，卻發現溫度雖然高，

但比我想像中舒服多了。見到的人都很親切，吃什麼都很好吃。雖然行程很緊湊，卻是很開心的台灣之旅。

第一次見面的台灣讀者們也很熱情。謝謝你們這麼喜歡我，實在太感動了。

我會好好加油，希望能再度拜訪台灣。

「竹籠眼篇」的第二集，可能還要再一段時間才會出版。這期間，會在十月一日出版新作《Monster Clan》，還會發行雜誌《The Beans》，所以在少年陰陽師續集出版前，請看看這些作品。可能的話，我想在雜誌上繼續寫年輕時候的晴明與岦齋的故事，不知道能不能實現。

期待大家的來信，告訴我閱讀後的感想，並為人物排名投票。如果可以從中知道大家想不想看年輕晴明的故事，我會更開心。

啊，後記只有兩頁果然不夠寫，希望下次可以增加。

那麼，期盼在下個月的新作再見嘍。

結城光流

少年陰陽師
しょうねん　おんみょうじ
叁拾叁
微光潛行
仄めく灯とひた走れ
2013年
9月揭曉
看不見的敵人，才是最大的威脅！
昌浩遭人陷害，成為大罪人，皇上毫不留情地下了「格殺勿論」的命令。為了緝捕昌浩，檢非違使們在安倍家、全京城都佈下了天羅地網。一旦被抓到就會被斬首的昌浩，在生死關頭與螢、小怪、勾陣一起逃亡。皇上會如此執著，非要昌浩的命不可，其實是與螢的出身地播磨的陰陽師相關……?! 暢銷系列《竹籠眼篇》第二集。
©Mitsuru YUKI 2011　●中文版書封製作中

# 大陰陽師 安倍晴明

## 我將顛覆天命 我、天命を覆す

**《少年陰陽師》前傳！**
**安倍晴明單挑十二神將的震撼初相遇！**

---

安倍晴明討厭人類。
身為半人半妖的他一向獨來獨往，既然被當成異類，他也不想跟人們有什麼牽扯——直到他遇見了橘家小姐。
祭典上，晴明救了橘小姐，卻發現她被妖魔纏身了！
明明討厭人類，晴明卻莫名想保護這個女孩，然而他根本打不過那妖魔，除非能駕御傳說中「十二神將」的通天神力！
可是，十二神將不但力量一個比一個強大，而且絕不輕易臣服於人。想讓他們認可自己是唯一主人，不只要靠陰陽師的實力，安倍晴明還必須賭上一切，證明自己的心⋯⋯

## 【颯峰篇】賭上義氣的生死之約

### 貳拾柒 狂風之劍

**神秘「天狗」現身，究竟是敵是友?!**

雖然外表像普通少年，但事實上，十四歲的少年陰陽師昌浩遇過的妖怪多到嚇死人。不過他畢竟才出道一年，像這樣被一大群憤怒的「天狗」包圍還是頭一遭。

戴著有高高鼻子的紅臉面具，全身盔甲，背上長了一對猛禽般的巨大翅膀——山妖「天狗」從不下山的，這回卻全員出動，因為總領的獨生子疾風中了人類術士的咒法後，竟然失蹤了！

昌浩被當成了那個邪惡術士，使者颯峰更威脅，四天內若找不到疾風，總領就會颳起大龍捲風毀掉世界！什麼跟什麼啊?!昌浩還來不及解釋，只見天狗輕輕振翅，轉眼便狂風大作……

### 貳拾捌 眞心之願

**小心哦～惹上了天狗，**
**別想輕易脫身！**

好不容易才找回總領的獨子疾風，擺平了天狗的憤怒，昌浩還以為這下子可以跟天狗說拜拜了呢！沒想到，颯峰竟然帶著叫「伊吹」的長老級天狗找上門來，差點把安倍家給毀了！

身形巨大的伊吹嘴上說是來向昌浩道謝，不過，面具下的眼神卻藏不住深深的憂慮，原來疾風雖然回來了，卻因為身中異教咒法，生命力一天比一天虛弱。

天狗們束手無策，只好再向昌浩求助。然而，若要救疾風，就必須進入神秘的天狗之鄉「愛宕」——傳說中，人類進入了愛宕都是有去無回。

這下昌浩該怎麼辦呢？……

## 【颯峰篇】賭上義氣的生死之約

### 貳拾玖 消散之印

**所謂陰陽師，是遊走於光明與黑暗之間的存在！**

陰險的術士對藤原行成的愛子施了咒，三歲的實經身上出現與疾風同樣的症狀，若不及時解除，實經也會像疾風一樣，身體漸漸衰弱、壞死……
想要救這個人類小孩，就必須交出天狗之子！
身為陰陽師，昌浩怎麼可能讓異教法師得逞！但是，對手擁有超乎尋常的強大妖力，要擊潰他只有一個方法：學會與他相同的魔道，利用比他更邪惡的意念，對他下詛咒……

### 叁拾 玄天之渦

**最令人心疼的〔颯峰篇〕大結局！**

終於消滅了妖力強大的異教法師後，昌浩累得沉沉入睡，但卻作了一個奇怪的夢。
夢裡，天狗疾風在哭泣，而原本應在天狗之鄉「愛宕」輕鬆作客的小怪和勾陣，則不知為何動也不動！
就在這時，疾風的護衛颯峰帶著重傷來向昌浩求助——原來愛宕出了大事！不但整片天空都覆滿了詭異的漩渦，所有天狗更身中異教法術，連紅蓮和勾陣身上也出現了象徵壞死的斑疹。
怎麼會？異教法師明明已被朱雀的神火燒光了，怎麼可能再施咒?!
然而，奄奄一息的颯峰開口了：
「不，不是異教法師，是……」

國家圖書館出版品預行編目資料

少年陰陽師.叁拾貳.夕暮之花 / 結城光流著；涂愫芸譯. -- 初版. -- 臺北市：皇冠, 2013. 7[民102].
面; 公分. --(皇冠叢書; 第4329種) (少年陰陽師; 32)
譯自：少年陰陽師32 夕べの花と散り急げ
ISBN 978-957-33-3010-3(平裝)

861.57 102012411

皇冠叢書第4329種
少年陰陽師 32

# 少年陰陽師——
## 夕暮之花

少年陰陽師32
夕べの花と散り急げ



作　　者—結城光流
譯　　者—涂愫芸
發 行 人—平雲
出版發行—皇冠文化出版有限公司
台北市敦化北路120巷50號
電話◎02-27168888
郵撥帳號◎15261516號
皇冠出版社(香港)有限公司
香港上環文咸東街50號寶恒商業中心
23樓2301-3室
電話◎2529-1778　傳真◎2527-0904
責任主編—盧春旭
責任編輯—吳怡萱
美術設計—王瓊瑤
著作完成日期—2010年
初版一刷日期—2013年7月

法律顧問—王惠光律師

讀者服務傳真專線◎02-27150507
電腦編號◎501032
ISBN◎978-957-33-3010-3
Printed in Taiwan
本書特價◎新台幣199元/港幣67元